致生为女人的我们

慎秀珍与林庆璇的交换日记

[韩]慎秀珍 [韩]林庆璇——著
高文丽 卢珍 译

中信出版集团 | 北京

林庆璇 作家致言：

最近愈发强烈地感觉到全世界的人都以种种方式相连在一起。如今，能够通过《致生为女人的我们》跟中国的读者一起分享我们的故事，我心里感到无限温暖。虽然我们国籍不同，但同样身为“女性”乃至“亚洲女性”，必然会存在共同点，也一定能感受到那份心有灵犀、情真意切与深深共鸣。

这本书记录了我和一位闺蜜的交心对话，我和她成年后相遇，并在各司其职的悠长岁月里结下了深厚的友谊。虽然人生时而让人感到倦怠、时而需要承受和忍耐，但还是有很多伴着欢愉的日子。

我们交流了关于工作与爱情、金钱与自由、身体与衰老等在认真、用心生活的过程中感知和体验到的一切。当您读到那些凝练且私密的故事时，如果能从故事中看到自己，那么我会感到无比欣慰。

在不远的将来，如果能跟秀珍一起飞到中国，跟亲爱的读者们面对面交流，那该多好啊！真诚期待那一天的到来，也祈愿每一位读者幸福安康！

林庆璇呈

慎秀珍 作家致言：

我有一位关系非常好的中国朋友。

几年前，我到中国演出，我们作为歌手和粉丝相识，并很快成为好朋友。尽管我不会说汉语，她也不会说韩语，但这些年我们还是聊了很多话题。我们聊工作和爱情，聊亲人的离去和梦想，聊减肥与美食。

中文版的《致生为女人的我们》即将要跟读者见面了，这让我又重拾过去的那份感觉。生活在不同语言环境里的我们，欣然接纳对方，这是一种熟悉的亲密感，衷心希望这不只是我单方面的感觉。一想到只属于我和我的挚友林庆璇的悄悄话，将会成为能够和您产生共鸣的共通话题，我感觉中韩之间，就像坐一趟公交就能到达的近邻一样贴近。

相信我们会成为挚友，我不禁感到心潮澎湃。

慎秀珍呈

林庆璇如是说

在认识秀珍之前，我是一个极度推崇效率至上的人。学生时代，我比别人更早从学校毕业；在各种社会组织里，我基本上都属于“最新锐”的行列；开始写作以后，我又被誉为“多产作家”；打开苹果电脑，我不需要任何热身，立刻就能投入写作；我出门与人见面也都是由于工作需求，并且只在十分必要的情况下才会去；我在路上回复邮件，在跑步机上购物；到外面参加活动时，我的信条是“付出更少的精力与时间，赚取更多的收入”。因为我的资源是有限的，我不能忍受自己恣意支配这些资源。

但如今我却有了一个极其“低效”的习惯：与秀珍在手机上谈天说地。从晨曦微露到夜色阑珊，我们在推特、脸书上交流，我们用短信或软件通信，只要是能联系到彼此的地方，我们都会絮絮叨叨地给对方写点什么。从鸡毛蒜皮的日常琐事，到颇有深度的讨论性话题，我们无话不谈，从来不用考虑“我说这些话，她会怎么想我”的问题。而且我们俩打字速度都很快，有时偶尔停顿下来，做个深呼吸，才猛然警醒这一天的几个小时已经转瞬而逝。这样跟秀珍漫聊不止，让我觉得荒唐透顶，但聊天的每时每刻都让我感到意犹未尽，总是停不下来。反省时间只有几分钟，第二天我们依然如故。

欲罢不能的我只好对秀珍说：“秀珍，再这样继续下去可不妙，我们不能再像这样聊天了，干脆我们把平时聊天的内容变成些有价值的东西吧。”

于是就有了有声读物《秀珍与林庆璇的交换日记》，以及这本书，《致生为女人的我们》。像我这样一个追求高效的人终于得以摆脱深重的负罪感，而直到此时此刻，我才真正深刻领悟到了“低效”的美好与喜悦。

生活是什么？我们依然对这个问题充满好奇，所以今后我们的谈天说地大概还会涛声依旧吧。

林庆璇

2019 年秋

' ' '

秀珍如是说

每当我跟别人说起我和庆璇是莫逆之交，他们常常会表现得异常惊诧，露出疑惑难解的表情，仿佛无法理解骆驼与企鹅怎么会成为朋友。而我又特别喜欢故意卖个关子，所以当他们说出“这真让人感到意外”时，我总是调皮地说声“谢谢”。

林庆璇与慎秀珍，不知不觉间，我们的关系已从原来的“认识”，变成了“朋友”。其实一开始称呼彼此为“朋友”，只是为了方便向别人介绍我们之间的关系，但现在，我们已然变成“真正的朋友”了。互为朋友就意味着我们会看到彼此善变的一面。比如，昨天夜里她放下狠话说要节食减肥，但刚到凌晨时分，却又忏悔说自己又吃东西了；前一秒她还信誓旦旦地表示一定要休整一阵子，绝不再做任何工作，后一秒却看到她又接手了一份工作任务；我还曾经看到过她哈哈大笑着说自己刚才痛哭了一场的样子。

其中让我觉得最荒唐、最搞笑的莫过于这本书了。

这些年来，林庆璇对慎秀珍说的最多的一句话就是“合著什么的，我最讨厌了”，结果现在我们正是要写一本合著。在这件事上的自相矛盾，不知道她是怎么说服自己的。

我们之间的友谊有时像是一种合作关系，比如她会说，“你知道我太多的羞耻隐私，以后若是我们的关系闹僵了可怎么办”。但有时我们之间又亲密得不分彼此，比如她会主动说“我爱你”，虽然这与她的风格迥然不同。

或许你会这样想，别人甜蜜的友谊和我有什么关系呢？

但人们有必要了解别人的故事，因为在读到这些故事以后，我们可以调节生活之舟的航向，比如我也要像这样生活，或者我不要像那样生活。

更为重要的是，当你读完这本书的时候，我建议你也尝试着去交一个稀奇古怪的朋友，就像我这样。

秀珍

2019 年秋

目录

坦率与虚伪

庆璇

秀珍：

我刚刚读完对你的采访，就是我们在开始写交换日记之前，分别做的那个采访。在所有采访内容里面，最让我感兴趣的，就是你对我的评价。你是这么评价我的：

> 姐姐这个人非常坦率，但她绝非那种不知深浅、浅薄无知之辈。我真的特别、特别喜欢姐姐这种清新舒爽的气质。

接着，你又妄自菲薄说自己是一个“非常虚伪的人”，只不过为了报答我的坦率，才会在我的面前展露出自然直率、天真烂漫的一面。对于这点，我感同身受，若非如此，此刻的我绝不会有与你写交换日记的念头。“坦率”这个词，我已经好久没有听到过，忽然觉得颇为新鲜。其实，原来我经常会听到别人说我“坦率”，听到耳朵都要起茧子了。人们在说我坦率的时候，往往会附赠几条别的评价，比如豁达爽朗的态度、干脆利落的口吻、西式作风等等。可有的时候，“你的确很坦率”，表达的却是对我委婉的批评。从前听到这些话，我并不在意，左耳进右耳出，根本不往心里去，然而当这个听起来有些陈词滥调的“坦率”从你的口中，而不是别人的口中讲出来，却让我对“坦率”的概念有了迥然不同的感受。

一个人在十几岁，或是二十岁出头的那几年，如果周围的环境对他来说顺风顺水，让他感到畅通无阻，那么他便有可能继续坦率地生活下去。但当这个特殊的阶段过去，环境开始变得复杂，仍然坦率做人恐怕就有问题了。人与人的经验、阅历不同，有时候一个人的坦率会给另一个人带来某种异样的感觉或者造成负担甚至伤害，坦率最终成为别人攻击自己的矛头。所以我们会逐渐学着成长，变成一个无可指摘、没有棱角的成年人，不再去真实地表达自己的想法或情感，而是拼命忍耐，或是拐弯抹角、虚伪圆滑，以便迎合别人、实现妥协，这个过程美其名曰“社会化”。人际关系的矛盾与内心的煎熬让我们身心俱疲，我们害怕让别人失望，只得戴上面具生活，“坦率”不再是一种美德，早已被我们抛弃。

当我们习惯了这样生活，或许就会逐渐丧失“倾听自我内心声音的能力”。原本的爱憎分明，珍贵、重要的初心，都变成永不再来的记忆。时光流逝，终有一天，周围人的声音会变成主宰我们人生的旋律。还好我们生性敏锐，对这样的变化会保持警惕。当我们活得越来越失去自我时，我们会本能地从内心中升腾起一种不适的感觉，你不要忽视这种感觉，你要认真对待它，过去的经验会让你对此有深刻的体悟。

当你决定坦率待人，或许会有人指责你自私自利，你也或许会因此而后悔、自责。可是，如果你的所作所为并未给别人带来明显的伤害或麻烦，那么你就不用太过在意世间所谓的繁文缛节或是他人的主观评判。你迟早会明白，当你成为一个真正的成年人，并决定坦率做人，那便意味着你要相应地冒很大的风险。眼光放长远些，即便要背负这些压力，我依然觉得“坦率”是生而为人最“正确的做法”。当你决定放弃做一个坦率的人，也许可以躲过眼前的窘境或危机，但长此以往，你就再也体验不到“做自己”的那种满足，只能面目模糊地活着，我对此深恶痛绝。我想要的是那种深层次的满足，我最珍视的是听从自己的内心，鲜活本真地活着的感觉。

对了，在这个过程中，我还领悟到了一个道理。人们经常会在心中蹦出一些疑问，比如“我是谁，我要追求怎样的人生”。为了寻找答案，人们绞尽脑汁，苦苦寻觅自我，做出各种不同的尝试，但当真正去做了以后，却又经常感到诧异：“咦，好像不是我想要的？”然后又匆忙去寻找别的东西……比如写作，人们下笔伊始总是希望自己写出一个完美的句子。当然，追求完美是好的，我担心的地方在于，当你正要付诸行动的时候，身边就会涌来一群嗡嗡聒噪的绿头蝇，这些人会好为人师，给你灌输心灵鸡汤，热心为你筑梦，让你产生一些错觉，然后你就会误认为，只要实现了曾经的一个梦想，人生剩余的问题就会迎刃而解。

可是……真相并非如此。

我认为，要想寻找“保持自我的生活”，更好的办法恰恰与之相左：不要去刻意寻找什么“想做的事情”，尝试着从“不去做那些不愿意做的事情”开始，因为比起“喜爱”，“厌恶”的情感更依赖于直觉与本能，也更加直率。如果你能够逐渐疏远“厌恶的事情、不愿意靠近的人”，那么很快，你就会发现你真正想要的是什么。还是以写作为例，一开始你可以兴之所至，信笔由缰，然后再凭借直觉修饰润色。如此一来，文脉便会逐步清晰，你最初想要表达的意思，也就变得一目了然。从本质上来讲，最“自爱”的方法便是跟随你的直觉，当你感觉到“厌恶”的时候，就要立刻远离这些令你厌恶的人与事。

嗯……总之，听到你说我“坦率”，我的内心感慨良多，因为你所说的“坦率”，与我从小就听惯的“坦率”，意思是截然不同的。我想在以后的生活中，我会更认真地审视我的生活方式，努力使我的生活不违背“真我本色”，这当然需要诚实的付出，甚至免不了要忍受别人的指责，即便很难，我也会坚持下去。好了，今天就写到这里吧。

你知道，有种坦率是来者不善的

秀珍

姐姐，在翘首期盼你的第一篇交换日记的时候，我突然回想起高中的一段时光。高中时代，我实际上仅有一个朋友，那时的我们也会写日记彼此交换阅读，我们就这样共同度过了那一段岁月。我每每回想起来，总是觉得很诧异，我们之间怎么会有那么多的话要聊。现在的你我，也是如此，过去的几年，我们竟然有那么多的话题想说，现在不得不通过写交换日记来尽情表达。

你我都已人到中年，活到了这把年纪，竟然还要像高中女生一样嚷嚷着写什么“交换日记”，确实让人面红耳赤。比起“显得年轻”，如今的我更关注的是“如何优雅地老去”。我认识的林庆璇，正是这样一个孤胆英雄，一直在为了成为出色的成年人而执着奋斗。过去几年，无论是在彼此面前，还是在其他人面前，我们都尽力显得更加老成稳重，而没有故意假扮年轻。但这样的两个人，竟然冒出写“交换日记”的青涩想法……这真让我颇感汗颜。

但是，姐姐，我在和你共同写交换日记时，并非只感到羞愧，它帮助我发现了我早已淡忘的事实：在人生的长河里，有些东西是超越时间、恒久不变的，不会随着时光流逝而改变或退化。随着年纪渐长，我们会对“空虚”有更加深刻的体会，这种空虚的本质，也许就是不断老去的自己与不愿老去的自己之间的较量。我们希望能够优雅地老去，我们勇往直前努力奔跑，为了把握住那些不会因时间而改变的东西，我们重新捡拾起“交换日记”。

对了，姐姐，在听你谈到“坦率”这个话题时，我才意识到，我从你身上所感受到的坦率，是你多年经验和阅历的累积。你说的这段话，我决定铭记在心底：

> 即便要背负这些压力，我依然觉得“坦率”是生而为人最“正确的做法”。当你决定放弃做一个坦率的人，也许可以躲过眼前的窘境或危机，但长此以往，你就再也体验不到“做自己”的那种满足，只能面目模糊地活着。

前不久我刚读完一本书，作家蒂亚的《吃苹果的时候就吃苹果》，其中一段就现代人的“顺应性”展开了讨论，作者的观点与你不谋而合：现代人正在习惯顺应他人，顺应社会。顺应是迎合别人欲望的一种行为，一个人在这种行为中陷得越深，就越容易放弃、忘记自己的欲望，所以作者认为，人一定要拥有不去“顺应”的时间。不必迎合别人，不必满足别人的欲望，这与你所说的“对自己保持坦率”有异曲同工之妙吧。

每当我看到别人坦率的神情，总是会留心观察他的坦率因何而生。我会去想，他何以能做到如此坦率，他内心的想法是怎样的。

姐姐，你知道有种坦率是来者不善的。有的人故意揭人疮疤，用刻薄的言语伤害他人，却以“坦率”来美化自己的行为。其实，故意使人难堪并非坦率，而涵养与修养也不等于虚伪。有些人就会善意利用“坦率”，他们会故意暴露自己尘封已久的失败经历，以此来安慰鼓励别人，从失败中振作起来，这种坦率才是最宝贵的修为。

作为一名音乐人，过去我也曾屡次听到别人评价我坦率，但是，我觉得自己这份坦率只是某种社交策略。只有在对我有利的时候，我才会坦率。我的坦率是经过算计的，骨子里我仍然是一个虚伪的人。我做不到对人对己都坦坦荡荡，活得也并不超然洒脱。而姐姐你向我呈现出的坦率，却是表里如一的，说话做事都开诚布公，这样的你让人觉得清爽纯粹。只要看到你，我的心情都会明朗起来。何其有幸，我能有你这样一位光明磊落的朋友。我将以你为榜样，学习你这种风骨气质，活得更加从容自信。

姐姐，在交换日记的末尾，你提出了几条建议，我都尝试着践行了。

我列了一张清单，内容当然不是关于“想做的事情”，而是关于“不想做的事情”。

我不想去见那些我并不喜欢的人。

我不想在应酬式的聚餐、酒会上无聊地枯坐着。

我不想硬着头皮读完一本不感兴趣的书。

我不想熬夜。

我不想说："不会有好结果的"……

就这样，在纸上写下了几件不想做的事情以后，我发现，有两件我真的不想经历的事情越发清晰明朗。

第一件事，荒废时光。

第二件事，生理期。

姐姐，我实在是对生理期深恶痛绝。

而我的生理期今天就已开始了。

就写到这儿吧。

即便要背负这些压力，
我依然觉得“坦率”是生而为人最“正确的做法”。
当你决定放弃做一个坦率的人，
也许可以躲过眼前的窘境或危机，
但长此以往，
你就再也体验不到“做自己”的那种满足，
只能面目模糊地活着，
我对此深恶痛绝。

——庆璇

姐姐，你知道有种坦率是来者不善的。
有的人故意揭人疮疤，用刻薄的言语伤害他人，
却以“坦率”来美化自己的行为。
其实，故意使人难堪并非坦率，
而涵养与修养也不等于虚伪。
有些人就会善意利用“坦率”，
他们会故意暴露自己尘封已久的失败经历，
以此来安慰鼓励别人，从失败中振作起来，
这种坦率才是最宝贵的修为。

——秀珍

决定
不去做一件事

庆
璇

秀珍：

你的第一篇日记，我怀着感激的心情读完了，也看到了你那张关于“不想做的事情”的清单。

我不想去见那些我并不喜欢的人。

我不想在应酬式的聚餐、酒会上无聊地枯坐着。

我不想硬着头皮读完一本不感兴趣的书。

我不想熬夜。

我不想说：“不会有好结果的”……

我想告诉你，这些事情我早就拒之千里了，几年之后，等你到了我这个年纪，体力下降，这些事情你自然就不会勉为其难了，所以不必从现在起就强迫自己不去做这些事情。

上次我对你说“决定不去做一件事”比“想做一件事”更加重要，事实确实如此。以前我习惯说“我想成为这样的人”“我想做那件事”，我以为这样说能赋予我更多的主动性，但“决定不去做这件事”其实是更加重要的主动选择。“我决定不去做这件事”，并不意味着减少了人生的可能，而当一个人下定决心“一定要做这件事”，从而热烈地执着于一件事时，反而常常会因为力不从心而减少人生的可能性。

你可以把那些不想做、不去做的事情一点点整理出来，不管这些事情多么琐碎细微。比如“我不想与这种类型的人发生任何关系”“我不去那样的场合”等等，然后划定范围。你会意外地发现，最终留下来的都是一些美好的事情，你所独有的标准也会清晰明了，然后你就会对自己有更加清醒的认识。

除了“我要做这件事”或“我不要做这件事”以外，我们还有一个选项，那便是“现在不做任何选择”。以我个人的经验来判断，在某些情况下，按兵不动同样需要坚强的意志与统观全局的能力。特别是在公司这样的组织里，比方说，偶尔发生类似高层变动这样的事情，人们便会惶惶然不知所措，乱成一锅粥。有的人在环视四周观察形势，有的人则随随便便站队，还有的人选择溜之大吉，等等。在一片混乱中，有些人能够从容镇定超然物外，始终如一地坚守在自己的岗位，泰然等待这种局面的结束，这种人是最精明强大的，只有拥有一定的内在修养才能做到这一点。

对了，看来你已慢慢开始考虑如何“优雅地老去”的问题了。提到这件事我就不太愉快，因为已经有好几家出版社向我约稿，要我以此为主题写一本书。每次有人联系我，我心里就会感到有些不爽，你懂的吧？大家究竟为什么要这么看待我？关于“优雅地老去”这个话题，为什么大家都认为我会有很多话要说，以至于要专门写本书？对于我来说，所谓“优雅地老去”，只不过是……原本优雅的人，上了年纪，就是优雅地老去。

或许是因为我依然不愿意承认自己的年纪吧。简单来说，对于我的年龄，现在我所持有的一个基本立场便是“半信半疑”。你知道，到药店去拿处方药，在抓药的袋子上面，一定会写上患者本人的姓名与年龄，而我每次看到年龄的数字，都会陡然心惊。我虽然恍惚意识到了自己的年龄，但内心总还存有一丝侥幸：“哎呀，不会吧，开玩笑的吧？”“骗人的吧？”

诚然，我有时候也能切实体会到年龄增长带来的明显变化。例如，不知从何时开始，我忽然意识到，“衣服是有重量的”。年轻的时候我从未觉得衣服有重量，但近来年轻时喜欢穿的羊毛衫、粗呢大衣，却渐渐让我觉得穿起来很辛苦。去购买新衣服的时候，如果一件衣服太重，我绝不会选购。即便如此，我还是不能接受摇粒绒夹克，虽然人们都夸赞它又暖和又轻便，我依然忍住了没有去买。为什么呢？因为它会让我有种彻底不顾形象的感觉……同样的理由，即便是三九严寒，我也绝对不穿保暖内衣，这已经成为我的戒律。特别是在裤子里面套秋裤这件事，我的人生中绝对不可能发生，冬天我也只会穿一条单裤。还有睡觉时铺上电热毯暖和身子，这个我也不能接受，这类行为都会让我感觉自己衰败不堪。你总是嘲笑我说，这真是一种不可思议的倔强。是的，我宁肯通过不断摩擦双腿来取暖，好似用两根树枝摩擦生火那样，我也绝对不会套上秋裤，因为我感觉只要我穿了一次，就再也写不出浪漫的言情小说了，这绝对不是我矫情。

说起来，“决定不做一些事情”，也就是“只做自己喜欢做的事情”，这种生活态度本身与年龄也有一定的关系。我们会本能地意识到“我的时间已所剩无几”，所以与过去相比，无论是人际关系还是生活方式，我们都会力求简约。对于我来说，“必不可少”与“可有可无”的界限开始清晰起来。换言之，我们开始对那些与自己不合拍的人与事非常敏感。这样的认识越来越多，“我想要的生活”也就清晰地界定出来了。当我意识到自己的年龄已经不小了，遇到一件事情时，便不会想着“总有一天会去做”，然后一拖再拖。只要我觉得“我想做这件事”，就会立刻去做。卸下那些不必要的包袱以后，上了年纪的我反而爆发力更强了。

人到中年，身边就会经常有人告诉你，你现在已不再年轻，做事情可以悠着点儿，用英语说就是“slow down”。但是我脾气急，根本就慢不下来，而且怎么说呢，我内心也并不想慢下来，没有必要因为年纪大了就故意缩手缩脚吧？总有人念叨一些“上了年纪后的美德”，比如，“年纪大了还那么贪心，真让人讨厌”，“上了年纪以后要给年轻人腾地方，让他们发挥才华”，“上了年纪要懂得包容”。就拿出版界来说，三十多岁的作家最受青睐，一到四十五岁就让人感觉“垂垂老矣”，而四十五岁以上的作家——特别是女作家，似乎就该退出历史舞台了，仿佛到了这把年纪，就意味着过气了，所以不要再瞎折腾了，乖乖消失才能得善终。

但这种想法太过短视，人人都有变老的一天，这是最公平的自然现象。我认为，无论处于哪一个年龄段，我们都应该尽全力去争取展示才华的机会，尝试各种不同的风格，让人生充满无限可能。

由于我对这个问题比较关注，所以平时会留心观察那些五十多岁的女性，有日常生活中的，也有出现在媒体上的，我会把自己代入她们，想象自己在她们那个年纪的样子。遗憾的是，这些女性的风格并没有我所想象的那么多样化。

比如那些女政治家，她们全都穿着色调深沉、制式统一的定制套装，胸口别着一枚胸针，她们一开口就语带权威，令人生畏。我一直很好奇，这些定制的套装，她们究竟是在哪里买到的。还有婆婆的形象，以最后一集出现的“婆婆”形象为代表，她们全都是亲切随和的，喜欢给人讲道理，但唠叨起来又会给人留下愚蠢或俗不可耐的印象。

除此之外，还有什么典型的中老年女性形象呢？呃……如果给这种形象做一个定位，就叫“仁寺洞[1]茶馆主人风格”吧？她们身穿天然染色的绗缝裙，一年四季都喜欢戴着帽子与围巾。她们关注自然主义、环保、生态这些主题，她们把吃饭叫作“饮食”，热衷于参加各种做善事的聚会，她们年轻的时候肯定都是文艺少女。有时候去参加其他作家的读书会，我会看到她们安静地坐在最前排的位置，认真地做笔记，到了互动提问时间，她们一定要提出一些问题才会离场。在我眼里她们非常可爱。

还有……哎呀，现在想不起来更多了。除了这些典型形象，我希望还能看到更多的、特色鲜明的不同风格。

对了，你似乎真的很讨厌生理期，居然这么严肃地把“生理期”作为一件不想经历的事情写出来，可是你呀……“我的生理期今天就已开始了”，这样的话能随随便便往外对别人说吗？说实话，听你说完以后，我都觉得有些不好意思呢！而我呢，秀珍……

上个星期刚刚结束了。

---

① 仁寺洞，位于首尔钟路区，这里画廊、美术馆、古董店、传统服饰、饮食商店云集，是韩国著名的文化街。——译者注

我列了一张清单，内容当然不是关于“想做的事情”，
而是关于“不想做的事情”。
我不想去见那些我并不喜欢的人。
我不想在应酬式的聚餐、酒会上无聊地枯坐着。
我不想硬着头皮读完一本不感兴趣的书。
我不想熬夜。
我不想说：“不会有好结果的”……

——秀玲

说起来，“决定不做一些事情”，
也就是“只做自己喜欢做的事情”，
这种生活态度本身与年龄也有一定的关系。
我们会本能地意识到“我的时间已所剩无几”，
所以与过去相比，无论是人际关系还是生活方式，
我们都会力求简约。
对于我来说，“必不可少”与“可有可无”的界限开始清晰起来。
换言之，我们开始对那些与自己不合拍的人与事非常敏感。
这样的认识越来越多，“我想要的生活”也就清晰地界定出来了。

——庆璇

时不我予

秀珍

关于“优雅地老去”这个话题，我都不知道姐姐竟然收到过那么多约稿，约稿的潜台词难道是在说，林庆璇这个作家已经老了吗？他们竟然会让一个才四十多岁的作家去写一本关于“优雅地老去”的书，真的令人气愤。

在我所属的经纪公司旗下的音乐人中，就年龄来说，我也是“资格最老”的。我的经纪人曾告诉我，在公司里只要谈到年龄，话题总会自然地转到我的身上。我不清楚“大龄”这个词是怎么和“慎秀珍”联系到一起的，从我的经纪人来看，她在公司里与人聊天的时候，每每因年龄偏大而受到嘲笑时，她就会提起我的名字做挡箭牌，这样是不是挺卑鄙的？

刚刚三十出头的那几年，当我把年龄告知别人的时候，他们都很诧异。现在每当我向别人表明年龄的时候，他们也很诧异，但不同之处在于，以前人们是觉得我比实际年龄年轻而诧异，现在则是因为我的实际年龄太大而诧异。你说你在药店抓药时，看到药袋上写着的年龄，总会陡然心惊，这种感觉，我是非常能够感同身受的。

甚至有那么几次，我竟然忘记自己年龄究竟有多大了。去年有一回，我跟经纪人乘车外出，偶然谈到年龄问题，那一刻我有点糊涂了：我是三十七还是三十八来着？然后我便与经纪人认认真真地计算了一下我的年龄，结果当我听到自己说出三十八这个数字的时候，那种胆战心惊的感觉至今记忆犹新。

说起来，我们认识这么久，现在才准确地知道了彼此的年龄。

我们虽亲密无间，但对于彼此的年龄，我们也仅仅是大致猜测，直到不久之前才弄清楚。不过更为搞笑的是咱们俩当时的反应。

在得知你真实年龄的那一刻，我的第一句话是：“姐姐，你怎么那么大年纪了？”而你听到我的年龄之后，第一句话也是：“你怎么年纪也这么大了？”

前不久我才知道，关于我的年龄，我爸妈也是讳莫如深，他们甚至都不敢理直气壮地告诉身边的亲朋好友。

当有朋友问他们：“你们做歌手的女儿秀珍今年多大了？”他们总是装糊涂，说：“哎哟，我自己的年龄都稀里糊涂的，女儿多大了我哪儿搞得清。”

我很理解他们。如果他们老老实实回答说，“我女儿今年已经三十九岁啦”，那么话题自然就会过渡到婚姻。女儿一意孤行不想结婚，已经让他们愁眉不展了，他们当然不愿再跟朋友聊起这个话题。虽说现在的年轻人对于不结婚的选择已经见怪不怪，但我们的父辈还做不到这样豁达。

我明年就虚岁四十了，但是姐姐，最让我介意的并不是我怎么那么大年纪了，也不是怎么才能看起来显得更年轻一些。让我担忧的是一个社交技巧问题。我不知什么时候才应该对我的年龄拥有一份自觉意识，什么时候又应该忘却自己的年纪，我觉得这个问题是最棘手、最难处理的。在跟别人相处时，我们必须要懂得察言观色，随时根据场合、气氛切换自己的行为模式，有时候要表现得十分成熟稳重，有时候又可以非常孩子气。

这方面的技巧我仍然掌握得不够娴熟。

所以我经常会犯错。比如人家把我当成一个长辈，但我却表现得像一个孩子，让人家觉得匪夷所思；也有一些轻松的场合，大家都没必要端着装着，可我却又偏偏显得过分老成持重。

姐姐，在你看来，这种做法是不是很傻里傻气？我好像听你提起过：随心所欲就好，干吗把自己弄得那么累。但每次跟别人见面的时候，我不仅会在意自己的年龄，还会不由自主地去揣摩，对于面前这个人来说，我应该呈现一种怎样的姿态。

回首往事，我觉得这是过去与人交往时我反复承受的那些细微伤害，渐渐把我变成了如今的样子。

当我以为我和某人的关系变得稍微紧密一些的时候，可能于对方而言，我只不过是一个可以拿来向身边朋友炫耀的、小有名气的人，或是给他们提供茶余饭后谈资的八卦对象。这种事我经历过很多次，也曾经对你抱怨过。

还记得你用难以置信的语气对我说：“我还是第一次见到像你这么没有明星架子的歌手。”

现在每当我与人交往的时候总会无休止地怀疑，这个人是把我当作明星 Yozoh[①] 呢，还是慎秀珍本人呢？如此猜疑令人疲惫不堪又不胜其烦，导致我的人生就变成了这个样子：独自用餐，独自看演出、看电影，自斟自饮，却从来不会觉得孤单或寂寞，然后当你忽然问我有时间吗，我立刻就会飞

---

① 作者慎秀珍的艺名。——编者注

奔出来与你见面。

我刚才出来买了点东西，现在正坐在一家咖啡厅里写这段文字。当然，我身上穿着温暖的保暖内衣，而这正是你最讨厌的。你说摇粒绒夹克、保暖内衣什么的，你绝不会穿。我想很多人都曾听到过你的这番理论，而他们恰恰都穿着这些衣服，真不知道你该怎么去抚慰他们受伤的心……你应该发发慈悲，在夏天说这些话。对于我们这些怕冷的人来说，摇粒绒夹克、保暖内衣才是最值得信赖的精神伴侣，它们会守护我们安然度过寒冬，甚至比恋人还要贴心。瞧，你可真是一个“残忍”的人啊。

对了，我不是说出来买点东西吗？买了什么呢？是一座挂钟。

这还是我这辈子头一次买挂钟呢。自从我离开父母独自生活，至今已有十多年光景。之前我从未在墙上挂过时钟，今天却买了一座。

你不是说过，你渐渐深切感觉到你的时间已所剩无几吗？而我也有此体会。

千真万确，毋庸置疑。

所以我要时不时地看一眼挂钟，加倍珍惜这金子般的光阴，所以我才这么心急火燎地出来买了挂钟。

我买的是那种电子挂钟，不会发出“嘀嗒嘀嗒”的声音。

我明明买来的是挂钟，但仿佛买回的是光阴。

我还有很多话想跟你说，可惜时不我予啊！

对于我来说，所谓“优雅地老去”，
只不过是……
原本优雅的人，上了年纪，就是优雅地老去。

——庆璇

所以我要时不时地看一眼挂钟，
加倍珍惜这金子般的光阴，
所以我才这么心急火燎地出来买了挂钟。
我买的是那种电子挂钟，
不会发出“嘀嗒嘀嗒”的声音。
我明明买来的是挂钟，
但仿佛买回的是光阴。
我还有很多话想跟你说，
可惜时不我予啊！

——秀珍

作为
一个半红不紫的名人

庆璇

秀珍：

这一周过得好吗？我觉得这样的问候有些惺惺作态，因为我们每天从早晨起床到临睡前都在给彼此发消息。我本以为开始写“交换日记”以后，我们的联系会自动少一些，没想到我们依然谈兴不减。偶尔其中一个人已入梦乡，另一个人还在那里滔滔不绝。

在上次的日记里，你提到由于过去所受的伤害，所以总是忍不住留意观察别人是如何看待你的，对吗？虽然表面上一点儿也看不出来，但以我对你的了解，你完全有可能这么做，因为你处理人际关系的方式与其他明星艺人迥然不同。

首先，你不太懂得如何对别人保持警惕。如果有人要求与你见面，即便没有这个必要，你似乎也不好意思拒绝。换作我，在与一个人见面之前，我会先思量一下自己是否喜欢他，而且即便我对他有好感，也是出于工作的需要才去见，如果不用见面就能够把工作处理好，那么大多数情况下我都是不会去见的。而你呢？夸张一点说，你好像来者不拒！我有时候会觉得不可思议，原来你是这样一个随意的女孩！

再者，你不会区别对待，或者准确点说，你不懂得把人们做一个区分。一般来说，明星都喜欢其他明星，而且大致来讲，旗鼓相当的明星之间来往得更频繁。这就是我们常说的“物以类聚，人以群分”，但有些人就会觉得他们是势利眼。其实我完全能够理解：他们都需要在大众面前抛头露面，会很自然地理解彼此的苦衷，他们相信对方不会把自己的秘密作为八卦到处宣扬。

而你呢？不管对方是否有名气、势力，也不管对方是有一份体面的职业，还是无业游民，或者这份人际关系是否能为你提供实质性的帮助，对任何人你都会热情大方地伸出手，倾听他们的声音。你既不会讨好那些比你更有名气的人，或者是更有权势的人，从未有过攀附他们的想法，也不想拉拢那些有影响力的媒体，换来对你更多的报道。无论是请你工作，还是请你接受采访，你一般都不会拒绝。

最后一点，当有人向你伸出求援之手的时候，你总是毫不犹豫地慷慨相助。即便你和对方并不熟，只要你觉得能帮到人，解人燃眉之急，你都会搭上自己的时间、金钱、精力去满足对方的要求。至于我嘛，不赚钱的事情我一律拒绝。

正如你所说，你的善意并不一定会为你赢得善报。人真是狡猾的动物。一开始的时候，有的人会因为自己能跟名人搭上话、成为熟人而激动，他们会怀着喜悦的心情，对你殷勤备至。而你并不认为自己有什么特别，所以便单纯地接受了别人对你的好意，毫无保留地把你的缺点或坦率的一面示人，可是问题就出在这里。他们会觉得："咦，你似乎很容易摆布啊。"他们要看看你的底线究竟在哪里，所以他们会不断越界，随意支使你，或是肆意试探。比如，他们为了向身边的朋友炫耀与你关系很熟，就让你去做一些很为难的事情，或是向身边的人传播你的隐私。而你呢，单纯怀抱一份"美好的心愿"，不惜花费自己的时间、资源去帮助别人，不求任何回报。他们不但不会感激你，反而会变本加厉地向你提出更多要求，而且是用你最反感的方式，比如恶意消耗你，或是利用你。如果你因此提出抗议，他们又会振振有词："哎哟，这么大牌呀，唯恐别人不知道你是一个明星吗？"这些自称弱者的人，就这样摇身一变，成了强盗，面目狰狞地压榨你。这种现象并非只出现在明星的人际关系中，有时候我们每个人都会遭遇这种情绪剥削。遭受剥削压迫的一方，应该早点觉醒，不必一忍再忍。

同时我也担心，你这样毫无防人之心，对人掏心掏肺、无私奉献，也许能换来别人的几句好评，但你自己呢？你在自我审视的时候会满意自己吗，会不会觉得自己太卑微呢？当一个人自信心不足、自尊心不强，或者底线一再被别人突破的时候，就会产生严重的自卑心理，会这样想："别人太高看我了，我实际上真的微不足道，如果人家不嫌弃我，我愿意尽全力为他做事。"就这样，你会努力地"迎合别人的欲望，满足别人的所有要求"。

如你所说，出现这种情况，也许是因为你自己也不清楚，"我是 Yozoh，还是慎秀珍？别人是把我当成明星 Yozoh，还是当成慎秀珍本人呢？"为什么会这样呢？因为你我都是"半红不紫的名人"。何谓"半红不紫的名人"呢？呃……要怎么解释呢？……对，我举个例子来说说吧。

这是不久之前刚发生的事情。那天我和尹书在蚕室乐天世界购物商城的美食街吃饭，忘了因为什么事情，吃饭的时候我也在不停地与你互发消息。吃完饭后，我向餐厅门口的收银台走去，结账时我依然在忙着与你聊天，一直低着头看手机。忽然收银台后面的餐厅老板小心翼翼地问我："请问您是林庆璇小姐……对吗？"

我听了心里一惊，什么？我这么有名吗？居然都有人认出我来了吗？人气这种东西真了不得！哎呀，以后出门可要更加注意了呢！还好我今天没有什么不妥的表现，正当我要抬起头来，挤出一个温和的笑容，略带羞涩地说："嗯，是的……"餐厅老板又说了一句话："好的，您的乐天卡积分积好了哦。"

我当时真想夺门而逃，能逃多远逃多远，这就是我们这些半红不紫的名人的尴尬处境。

总之，秀珍，我一方面觉得，你应该少些施与，再狠心一些；另一方面我又觉得，你这种豁达的心境，这种平等待人的心态，成就了你与众不同的温文尔雅的气质。

想想看，如果你是一个擅长精打细算管理资源的人，你的声音绝对不会像现在这么慵懒，这么温暖。你的心底比别人更柔软，即便你要承受一些损失，一些伤害，但是“能够施与”的人、“懂得施与”的人，是最富有魅力的。

现在每当我与人交往的时候总会无休止地怀疑，
这个人是把我当作明星 Yozoh 呢，
还是慎秀珍本人呢？
如此猜疑令人疲惫不堪又不胜其烦。

——秀珍

你的心底比别人更柔软，
即便你要承受一些损失，一些伤害，
但是“能够施与”的人、“懂得施与”的人，
是最富有魅力的。

——庆璇

珍惜眼前，把握当下

秀珍

在姐姐写的上一封信里，盛赞我是一个富有魅力的人，我在读这封信的时候，感到非常不知所措，同时也有点不安。

有不少人把我视作天底下最糟糕的女人，而在你的眼里我却是那么美好。我的理解是，这并不意味着我真的是一个多么善良的人，而是意味着你喜欢用善意的眼光去看待别人，因为我百分之百相信一句话：“心中有佛，所见皆佛。”所以当我觉得一部电影或一本书索然无味，但它们又确实没什么明显缺点的时候，我就会认为问题出在我身上。

姐姐，你在审视我的时候充满了深情，也许你在审视世间万物时也是用同样的眼光，所以你写的书才会这样受欢迎。

这样看来，这种结果也是顺理成章的。

我不是正在负责《韩民族日报》周六版的采访栏目吗？所以我每个月都要主持一期采访。几天前我刚做完第六期采访。你还记得吗？在我第一次结束采访，准备写新闻报道的时候，我才发现这个工作那么难做，我痛哭流涕地说自己做不来，这段往事仿佛就发生在昨天。长大成人以后，因为工作上的困难而痛哭，我这还是第一次，尽管这件事已经过去半年了，现在想起来仍觉羞愧。

一直以来我都是接受采访的人，突然换作我去采访别人时，我才切实体会到，要从全局洞察别人的人生，提出问题，是一件多么困难的事情。我也终于明白，与一个人展开深度对话时，从他身上领悟到、学习到的东西，也是人生一笔巨大的财富。

这次我采访的对象是小说家朴尚英。

刚开始以作家的身份出道时，因为囊中羞涩，他坚持一边上班一边写作。他说自己每天凌晨四点起床，五点开始写作，九点之前合上电脑，到公司去上班，这种日子大概持续了三年。他本来要减肥的，但下班以后太累了，实在没有力气去健身房。为了排解压力，他每天晚上都会吃夜宵，越吃越胖。现在他在《韩民族日报》上连载的随笔，写的正是这一段经历。

在我的采访报道里，我曾调侃式地写道："他真是奇怪的人，一方面极度懒惰，一方面又极度勤奋。"他的这段经历，让我生出许多感悟。

其中一个感悟是这样的：

也许朴尚英经常光顾的那家健身房的老板，会隐约觉得他是一个懒惰拖沓的人。虽然他三年多以来，一直坚持凌晨起床写作，终于出版了自己的小说，他比任何人都要勤奋，但健身房的老板会了解这一点吗？

说起来，姐姐你不也比任何人都要勤奋吗？每天都在奋笔疾书，忙于出版著作、演讲、育儿，你也没有努力去运动，对吧？而且你很讨厌举重训练，所以每次都只在跑步机上锻炼一小会儿。也许你经常光顾的那家健身房的老板，也会以为你是一个非常散漫的人吧！

咳，实际上我根本没有资格说这种话。上次我也说要去攀岩，办了个月卡，结果你知道我去了几次吗？三次？还是四次？

我每天读书、工作、写英文日记，自以为生活很有规律，也很勤奋，为何独独运动这方面，总是懈怠呢？我们明知身体是最重要的，但为何你我都不能在锻炼身体这件事情上，做出最大的努力呢？

我之前所获得的足以证明我很勤奋的种种成绩，被运动这一项全部瓦解，别人一定会这么总结："那些成就都没用，你就是一个懒散的人！"这真的让人有些窝火。

为什么总是养不成运动的习惯呢？每天只要抽出三十分钟的时间就足够了，为什么就是做不到呢？

我百思不得其解。

“珍惜眼前，把握当下”，这句话我们常常挂在嘴边。

趁着父母健在好好孝顺他们吧，趁着恋人还在身边好好对待他吧，趁着身体健康好好锻炼吧……

这个话题被时时拿出来讨论，恰好证明我们大部分人都没有做到这一点。我们不断提醒彼此，却又总是不能付诸实践。

今天我在坐公交车回家的路上，目睹了一幕难忘的景象。

一位大叔突然倒在了公交车站，口吐白沫，119 救援队的队员们正忙着给他做心肺复苏。这位大叔的身边围满了正在等公交车的人，还有周围商店的老板，他们的神情都很恐慌。不知道这位大叔现在怎么样了，他是不是已经恢复意识，化险为夷，正在调养身体呢，还是……

这件事发生以后我的心情便一直很奇怪，在公交车上失魂落魄地坐了一会儿，还没有到站就中途下车了，下车后才发现我来到了忠正路。

我信步走进一条小巷，这是我第一次走到这里，漫无目的地徘徊游荡。

小巷里挤满了破旧不堪的小酒馆。

我忽然强烈地体会到，我正“生活”在这样一个美丽的地方，我能这样边游逛边欣赏是何其幸运。这份景色带给我一种深刻的感触，眼前的一切都是如此宝贵。我贪婪地看着每一家店铺，认真地观察小巷里随意摆放的一个个花盆。我走到炭烤排骨店的门前，靠近那发烫的炭火，去感受它的热气。我甚至大声念出每一家店铺的名字。最后我带着大彻大悟的心情回到家中，仿佛洞悉了以后该如何生活，并写下了这段文字。

即便当时深受触动，过些日子仍旧会淡忘吧，那就在我忘记之前，全部讲给你听。我深爱着的姐姐，我自己，还有正在倾听这段故事的人，就在这里。

珍惜眼前，把握当下吧！

我一方面觉得，你应该少些施与，
再狠心一些；
另一方面我又觉得，你这种豁达的心境，
这种平等待人的心态，
成就了你与众不同的温文尔雅的气质。

——庆璇

有不少人把我视作天底下最糟糕的女人，
而在你的眼里我却是那么美好。
我的理解是，
这并不意味着我真的是一个多么善良的人，
而是意味着你喜欢用善意的眼光去看待别人，
因为我百分之百地相信一句话：
“心中有佛，所见皆佛。”

——秀玲

有时候
越亲近的人越需要保持距离

庆
璇

秀珍：

我现在正坐在一列驶向全罗道光州方向的火车上，因为我在光州有一场演讲。在从事文学创作的作家当中，大概没有几个人如此热衷于演讲。我们可以日复一日地写作，却不能日复一日地站在众人面前讲话。每天都能做的工作，也许就可以称之为“本职工作”了。但像我这样每个月做一次演讲，似乎频率恰到好处。这样既可以持续进行演讲训练，还能不断与读者面对面交流，演讲费也能补贴一下生活所需。我喜欢在陌生的地铁站里四处观察，喜欢到陌生的地方去，喜欢乘坐火车到地处偏远的城市去看看。无论过去还是现在，我都喜欢坐在靠近车窗的位置。

刚刚，我静静地欣赏了车窗外变幻的风景，聆听了你用“意识流”的形式写成的日记。你回顾了这半年挑战新闻采访工作的经历，讲述了一位小说家的故事：在成为专职作家之前，他曾经每天一边坚持工作，一边艰辛地挤出凌晨的时间写作；然后，看似你是在讨论“特别懒散又特别勤奋”的人，实则你又突然笔锋一转，提到我，也就是林庆璇，也属于这一种类型的人，莫名其妙把我也归到这一类里了。你指出，我在做举重运动的时候总是很懈怠，而你自己也是如此。你感叹，我们为何总是不重视运动。你得出的结论是“趁着身体健康一定要好好锻炼”，“珍惜眼前，把握当下”，读到这里，我稍微感到有些糊涂。

我歪着头想了一会儿，这不是你平时的写作风格呀。一般你会选择一两个主题，然后抽丝剥茧，娓娓道来。直到日记的末尾，我才知道原来你目睹了一场惨烈的事故现场，于是所有的一切就都明了了。

在夜里勉强入睡之前，你那天该是多么难过，你的心一定吓得怦怦直跳。我知道你曾经失去最深爱的妹妹，而她就是在一场事故中被夺走了生命。我知道你因为心理创伤的缘故，直到一年前才鼓起勇气重新开始乘坐地铁。我更感激、庆幸的一点是，你没有回避那天的所见、所感，没有把它们深埋在心底，而是通过某种形式把你的情绪表达了出来。

在人生的旅途上，当人们经历一些难以承受的苦难时，大致会有两种反应：一种人，会在经历了痛苦之后便关闭心扉独自舔舐伤口，变成一个浑身是刺的人，为了保护自己，不惜以刺伤人；还有一种人，由于自己曾经经历过痛苦的煎熬，便更能够理解别人的痛苦，因而对别人更加体贴宽容。这种人真心实意地希望别人不再受到同样的伤害，而你的上一篇日记恰恰表现出了这种豁达的心胸。

但关于健康的话题，有一点我想反驳一下。你说，人们为什么不能趁着身体健康的时候好好保养，而非得等到生病以后才想起来保养、锻炼。我想提出的异议是，身体健康固然重要，但人如果仅剩下“身体健康”，那又有什么意义呢?“失去健康就失去了一切”，这句话没错，但并不等于说“健康就是人生的全部追求”。把健康本身作为我们追求的终极目标，投入全部热忱，这样的人生未免令人感觉有些无聊。

哎呀，我到光州松亭站了，晚上再继续这篇日记，等我一下。

秀珍，今天的演讲已经圆满结束了，现在已是华灯初上。我住在光州松亭站附近的一家酒店，我想在这里逗留一晚再离开。当我在地方城市有演讲的时候，我一般都会像今天这样住一晚再回首尔。实际上，如果稍微辛苦一点，当天也是能够往返的，但我还是把照顾孩子的事情托付给我先生，特意远离他们，让自己拥有一段独处的时光。我必须定期拥有这样的时光。在我们刚结婚还没有孩子的时候，我也经常独自去旅行。有了孩子以后，在孩子还很小的时候，我也会至少每年安排一次独自旅行，或与女性朋友结伴去旅行。像今天这样到地方城市出差，我就会独自在外过夜。身边的男性朋友对此都表示很惊讶，他们往往会做出这样的反应：“你先生真了不起”，“你先生真的很善解人意，这样的男人韩国可很少见”，“你先生心地真好”，等等。

每次听到这些话，我就会火冒三丈。我又不是我先生的附属品，我先生也不是我的主人，在遇到事情的时候，夫妻之间相互商量，相互帮忙，难道不是理所当然的吗？我们之间不是谁要获得谁的批准，正确的交流方式应该是：“我这次要去光州演讲，所以给孩子做饭、接送孩子上学，就要拜托你啦。”如果我说：“我这次要去光州演讲，是否可以允许我在那里住一晚再回来？”这种关系就不对劲了。

你不是说我们每个人都在讲“珍惜眼前”吗？我们之所以做不到这一点，是因为我们想当然地以为，“眼前人”会一直都在。我们太习惯于彼此的存在，以为彼此会永远在那里。正是出于这个原因，我认为，越是亲密的关系，反而有时需要保持一定的距离。“聚是一团火”固然美好，“散如满天星”似乎也要学着接受。唯有如此，每个人才能成为更加独立的个体，变得更加成熟，我们眼中的对方也会变得更加美好。所以我觉得，对于已婚女性来说，不仅要维护好家庭的关系，也要定期给自己一些喘息的时间与空间，让自己暂时摆脱“妈妈”“妻子”的角色。

我不想用“自由”这个词来形容所有已婚女性独自去旅行这件事情，就像穿着带破洞的牛仔裤并不一定意味着放荡不羁的灵魂。我只是希望每个人都不要用家庭、爱的名义过分地控制、束缚彼此，无论是父母对子女，子女对父母，还是夫妻之间都是如此。当你所爱的人想去做某件事情的时候，我们不能用一些自私的理由去牵绊他们的脚步吧？近来人们似乎越来越不愿意结婚了，我想探究原因，是否由于结婚以后自主性与选择权——特别是女性——就会遭到侵犯呢？人们对婚姻生活的基本观念，需要革新的地方太多了。

哎呀，我怎么这么义愤填膺呢？

我要去听听你的广播平复一下心情了，而且听着你的声音……真的非常容易安然入眠。

晚安。

即便当时深受触动，
过些日子仍旧会淡忘吧，
那就在我忘记之前，全部讲给你听。
我深爱着的姐姐，我自己，
还有正在倾听这段故事的人，
就在这里。
珍惜眼前，把握当下吧！

——秀珍

我们之所以做不到这一点，
是因为我们想当然地以为，“眼前人”会一直都在。
我们太习惯于彼此的存在，以为彼此会永远在那里。
正是出于这个原因，我认为，越是亲密的关系，
反而有时需要保持一定的距离。
“聚是一团火”固然美好，“散如满天星”似乎也要学着接受。

——庆璇

秘密
应该被小心对待

秀
珍

现在济州岛上正狂风大作。

这里的天气真是变化无常。

这种变化无常不只是倾盆大雨转瞬间就化作晴空万里，夸张一点说，在这座岛上，天气忽然从寒冬变成酷夏也都是有可能的。

这座岛比我想象中的更大一些。驱车奔驰时，我经常会从下雨的地方来到不下雨的地方，或是从没有下雪的地方，来到下雪的地方。除了济州市中心，这里不像首尔有那么多高层建筑，视线所及是高远的天空与广袤的大地。有时候也会看到这种神奇的景象，我所站立的地方没有下雨，但是前方不远处的那片天空却在下雨。是不是很好玩儿呢？就像《楚门的世界》里创造出来的那个摄影棚一般。

今天我冒着狂风来到济州的西部，在一个图书展销会上做演讲。

今年是我经营书店的第五个年头。自从开始接触与书籍有关的各种工作以后，特别是从去年以来，我做了几次与书有关的演讲，同样的内容不断反复地去讲之后，我发现，演讲这件事似乎慢慢变得容易一些了。同时我也体会到，在众人面前讲话真的挺难。

让我感触最深的，便是在济州岛某所大学里的那次讲座。

我拿过话筒跟大家打招呼，“大家好，我叫秀珍……”话还没说完，我看到有学生在呼呼大睡。千真万确，我一点都没有夸张，从我跟大家打招呼的那一刻起，就有学生在睡觉。我心里想，怎么能那么快就睡着了呢？我当时觉得很不可思议、很荒唐，但后来仔细回想，我刚上大一的时候似乎也是这样。

那天，在那座大讲堂里，大部分学生都疲惫地趴在桌上睡觉，而我呢？就跟对牛弹琴一样发表讲话，仿佛是在喃喃自语一般，勉强撑到一个小时结束。

讲完以后，我本应该酷酷地说一句“到此结束，后会有期”，然后尽快离开舞台，但是我仍抱有一丝希望，我小心翼翼地对学生们说：“如果有不明白的地方可以提问。”结果，直到最后一刻，他们仍然没有辜负我的“期待”，果然是没有任何问题！我只好说：“看来我的演讲真的很完美呢，大家一个问题都没有，真是令人欣慰。那么，我今天的讲座就到这里，谢谢大家！”然后我就回到了休息室，深深叹了一口气，叹息声大到都能把讲堂震塌了……

姐姐，虽然你不是频繁做演讲，但演讲这件事你一直没断过。演讲的内容除了你写的书以外，也会有关于生活态度、人际关系、边缘生活等等，可以说包罗万象。

我忽然有些好奇，林庆璇会有什么独家的演讲秘籍呢？

对了，你在信中说，每当你到某个地方出差的时候，都会在那里住一晚，让先生在家照顾孩子和做家务。你的朋友们都说你找了一个好丈夫，还夸他是好男人。我真是羡慕男人，他们只是做一点理所应当的分内之事，就能得到周围人的高度赞美。这不是揶揄，我是真心羡慕他们。我很认同你的一个观点，夫妻之间有什么事应当互相商量，互相帮助而不是谁获得谁的批准。可是在韩国社会,有多少人能把“商量”与“批准”区别开来呢？我表示怀疑。

我认为这个原则不仅适用于夫妻之间，也同样适用于父母与成年子女之间。最有代表性的就是公共电视台早间电视剧的俗套情节：一个男人希望娶一个女人为妻，便跪在女人的父母跟前，哀求他们“批准”自己与他们的女儿结婚。除此之外，还有各种常常使用的台词，比如说“你怎么这么喜欢顶嘴？父母让你做什么你只管去做就行了”，“除非我死了，否则绝对不会把我的女儿嫁给你”……我为什么会这么清楚呢？因为我每次回到首尔父母家中时，总会陪他们一起看电视剧，就当是尽孝道了。你可能不经常看公共电视台的晨间电视剧，所以你不清楚。是的，都 2019 年了，这种令人厌烦的台词还在不断使用。

我想，这种要求“批准”的关系里，还会产生另外一个大问题，那便是双方之间会有一种强迫症，认为彼此之间不能有一点秘密。

“既然我是你爸（妈），我就必须知道你所有事。”

“既然我是你的妻子（丈夫、恋人），你什么事都不能瞒着我。”

正是因为这种思维模式，父母才会认为偷看孩子的日记没什么大不了，恋人或伴侣之间互相偷看对方手机也是理所当然的。

当然……呃，不去偷看手机确实不容易做到。

我也曾经偷看过男朋友的手机，因为发现了一些蛛丝马迹，对他大发雷霆。

我认为，在爱的关系里，秘密就像鸡蛋，大家都应该小心翼翼地对待。有的人会把鸡蛋一一扔到地上摔碎，看看里面到底藏着什么，然后歇斯底里地叫喊着："我这么做是因为爱你。"我希望大家停止这种愚蠢的行为。

就在这一刻，姐姐仿佛与我心有灵犀，发来了一条消息。

消息的内容是："我正在预览这次要出版的随笔集封面的初稿，你绝对想不到我现在对设计师有多么苛刻。"

好的……关于你那可怕的苛刻，请你一定对我守口如瓶。

我不想用“自由”这个词
来形容所有已婚女性独自去旅行这件事情，
就像穿着带破洞的牛仔裤
并不一定意味着放荡不羁的灵魂。
我只是希望每个人
都不要用家庭、爱的名义过分地控制、束缚彼此，
无论是父母对子女，子女对父母，还是夫妻之间都是如此。

——庆璇

在爱的关系里，
秘密就像鸡蛋，
大家都应该小心翼翼地对待。
有的人会把鸡蛋一一扔到地上摔碎，
看看里面到底藏着什么，
然后歇斯底里地叫喊着：“我这么做是因为爱你。”
我希望大家停止这种愚蠢的行为。

——秀玲

不是所有人都对我们的演讲感兴趣

庆璇

秀珍：

你说想知道我是怎么做演讲的，其实并没有什么特别的技巧，但既然你问了，我就回答一下。我翻看了记录，我是从 2005 年开始写作的，而演讲是从 2009 年开始，也就是十年前，除了与书有关的读书会，我一共做了一百三十七场演讲。我也不知道这是多是少，那我就以这一百三十七场演讲的经验为基础，与你分享我的几点心得。

首先，人的天性很难改变。虽然我很希望自己能在人前口若悬河、妙语连珠，但我天生内向、腼腆，所以从小我就不喜欢甚至厌恶当众讲话。我实在不是登台演讲的那块料，我说话声音小，也不熟悉演讲技巧，更不擅长即兴发挥。虽然随着我的演讲经验越来越多，情况稍有好转，但从根本上来讲仍然是个菜鸟。我必须在演讲前一周就准备好演讲稿才能安心，从演讲的前一天就开始紧张不安，但相应的，等演讲一结束，我就像卸掉了包袱一样立马轻松起来。

后来，我决定接受自己的内向，我告诉自己，正是因为我害怕当众演讲，才会逼迫自己更加谨慎地去做准备。虽然我有很多不足之处，却仍然有人邀请我去演讲，我应该向他们表示感谢。

其次，比起演讲的形式，演讲的内容更加重要。记得刚开始的时候，我会用激光笔操作 PPT，在舞台上面边走边讲，我似乎有种强迫症，仿佛演讲就应该这么做，虽然我做得并不好。后来我开始意识到，与其去关注那些无关紧要的东西，不如多花点心思努力提高演讲内容的“含金量”，因为在演讲中，最终极、最本质的核心在于演讲所传达的内容和观点。

我会认真地反复修改演讲稿，去粗取精，尽量使用更通俗易懂的词语，确保演讲的整个过程是富有逻辑与说服力的，并且争取让自己的演讲稿里没有一句可有可无的废话。等演讲稿最终定稿以后，我会再反思一下：我要讲的内容有没有分享的价值；关于这个演讲主题，我是否准备充分，有没有去深入思考；我是否真心相信我所传达的观点。

即便我讲的并不是什么宏大的主题，但只要我以真诚的态度去分享去传达，能给别人带来一点启发，就足够了。如果有人听着我的演讲打瞌睡，那是他自己的问题。不可能所有人都对我的演讲感兴趣。

第三，在背诵演讲内容时，需要依靠“视觉”辅助。在演讲的时候，除非你照着稿子念，否则一般都要事先在脑海里去记忆一些内容。每个人都有自己的方法，而我的方法是这样的：我会用 A4 纸将演讲稿打印出来，然后裁成两半，再把它们粘贴在 A5 纸大小的索引卡上。接下来我会一边翻阅着这些索引卡一边背诵记忆，这时候比较重要的一点是，不要逐字逐句地背诵卡片上的内容，而要用视觉的方式，把这张索引卡上的内容作为整体来记忆。或者也可以这么说：不要去记忆内容的细节，而是按照顺序用眼睛去熟悉整个文章的结构，或者说“骨架”。最后一个阶段，在脑海中熟记各个索引卡片上的小题目、核心词、中心句，如此一来，在真正演讲的时候，才不会感觉像是在机械地背诵，而是能水到渠成地添加一些血肉，让这个骨架丰满起来。

最后一点，事先安排布置好演讲时让自己感到舒适的环境。在参加一些活动或演讲时，会有许多我们自己无法掌控的不确定因素，所以为了能够把注意力集中到演讲上，最好亲自去确认一些细节问题。呃，让我想想都有什么呢?

就我个人体会来说，我做的这份工作首先必须有合适的金钱报酬，这样我才有动力。而且我会郑重地要求主办方布置好舞台，舞台布置必须让我感到舒适。现在我会提前拜托主办方在舞台中间放置一张桌子、一把椅子，以便坐着演讲，需要的话我会中途翻看整理好的演讲稿。我想平静地与大家对视，谨慎地传达我的观点，所以我的身体感觉必须是舒适的，这一点至关重要。只要我的身体感觉是舒适的，即便在演讲的中途偶有停顿，我也会觉得是我在主宰那沉默的一刻，而不会惊慌失措。

除此以外，当天穿的衣服也必须让我感到满意。还有一件小事尽可能避免发生，那就是在演讲之前，要告知主办方负责人，不要把我请到领导的办公室里去打招呼，不要让我坐到沙发上，与他们面对面喝茶。特别是在一些政府机构，经常会有这样的“仪式”，所以最好提前与负责人协调好，告诉他们，在演讲之前心情比较紧张，因此希望可以免除这一道程序。

我竟然就这个主题啰啰唆唆说了这么多，真是不好意思。对于我来说，演讲仍然不是一件容易的事情，以前在演讲结束时，我也经常会懊恼：“我真是疯了，当时为什么要说那些话呢？”

只要我们仍需要在人前展示我们创作的作品，那么我们就必须不断地当众演讲，无论以什么样的形式。我们都免不了在演讲的过程中手足无措，感到难为情，紧张焦虑。多次演讲的经历告诉我，并非每个人都对我们的演讲感兴趣（这是理所当然的），确实有某些人的想法与我们大相径庭，我相信这会让我们更加谦逊、更加成熟。

对了，我还有一个小建议。我觉得在登台开始演讲的时候，以“我现在很紧张”作为开场白似乎并不怎么高明，因为这看上去像是提前为自己做不好演讲而铺设退路。为什么演讲还没有开始，就先自挫锐气呢？还有一些上班族在外国人面前用英语做演讲的时候也喜欢用这个开场白……你可千万不要这么做！

今年是我经营书店的第五个年头。
自从开始接触与书籍有关的各种工作以后，
特别是从去年以来，
我做了几次与书有关的演讲，
同样的内容不断反复地去讲之后，我发现，
演讲这件事似乎慢慢变得容易一些了。
同时我也体会到，
在众人面前讲话真的挺难。

——秀玲

多次演讲的经历告诉我，
并非每个人都对我们的演讲感兴趣（这是理所当然的），
确实有某些人的想法与我们大相径庭，
我相信这会让我们更加谦逊、更加成熟。

——庆璇

令人倦怠的各种欲望

秀珍

林庆璇的演讲秘籍琐碎却有趣，让我感觉获益匪浅。

在聆听你的演讲秘籍时，我也顺便回顾了一下自己的演讲，做了几点反省。特别在日记的最后你提到把“我现在很紧张”作为演讲的开场白，就是在提前给自己铺设退路，这句话让我有醍醐灌顶之感，好像一盆冷水，在我写这篇日记的时候，泼在我的头上，让我警醒。

我要赶紧把这个粗鄙拙劣的语言习惯改掉。

如果到时候不知不觉地脱口而出“我现在很紧张……”那么我一定要重新调整口型，把这句话换成“我现在很激动”。

最近的天气，真有种让人心神荡漾的感觉。

家里没什么吃的，我便到附近的餐厅去吃饭，身上穿的是居家时常穿的那件宽松的衣服，外面随便套了一件羊毛衫。走出家门，我看到小区的花坛中鲜花盛开，心一下子被击中了。

我想，花儿是最能含蓄地表现出人之爱欲的。远远望去那么绚烂美好，走近细细观赏，又显得妖艳、魅惑。

我想，这些花儿开得可真性感啊！然后我忽然意识到自己很久都不曾想到“性感”这个词了，在去餐厅的路上，这个词一直在我的脑海里盘桓。

我一边喝着海鲜豆腐汤，一边想着“听说沉浸在工作中的人看起来很性感”，然后我买了一杯冰美式咖啡重新回到工作室，又突然觉得，性感虽美好，但却令人感到倦怠。

人们常说一个人沉浸在工作中的样子是最性感的，但前提条件是，他身体清爽、头发干净、衣服体面整洁，这样埋头工作才会看起来性感。像我这样，也不收拾打扮自己，穿的衣服松松垮垮没有什么版型，就算是我头也不抬地投入工作，也不会有人觉得我性感吧！

我感觉在日常生活中，倦怠感所占的比例越来越大。我刚才还提到性感令人感到倦怠，其实几年前，性感是带给我愉悦感与幸福感的事物，不知不觉之间，竟已变成了令我疲惫不堪的累赘，而最典型的便是出门与人见面这件事。我现在已经很少无缘无故出门赴约了，只是偶尔和几个朋友聚会喝酒。以往去购物、逛街、看演出还能令我开心，现在则让我感觉索然无味，倦怠不已。

几天前我从推特上看到有人写：最近没有了性欲，世界忽然变得美好又幸福起来。我想这个作者应该是我的同龄人吧。是的，到了这个年纪，性欲似乎也令人倦怠不已，这让我想起昨天读的一个短篇小说《我的福冈导游》，小说表达了同样的观点，作者是张柳珍，故事情节大致是这样的：

男女主人公粉墨登场时，他们正处于暧昧期。

男人很自然地期待与女人一起过夜，但是最后他的期待落空了。

女人对这个无奈的男人说：反正缠绵之后全都一个样，这一点你不是也心知肚明吗？所以不用在意有没有真正上过床，那份想要一起共度春宵的美好心情，才是最可贵的。你想跟我缠绵，而我也想跟你缠绵，我的这份渴望虽不及你，但也有你的一半多，这就够了。

小说中的女人只希望拥有一份“想缠绵”的心情，所以提议两个人不要在一起过夜，我非常认同，同时又非常悲伤。

“反正缠绵之后全都一个样，这一点你不是也心知肚明吗？”这句话里弥漫着一种倦怠，一种恋爱本身带来的倦怠，这让我有点恐慌。在我刚刚列出的清单里面，虽然没提到“恋爱”，但其实恋爱是包括在内的。你可能会说，“恋爱令人感到倦怠”这种话怎么也不该由我说出来，因为我已和一位深情、专一的阳光暖男恋爱五年了，这的确是事实。但偶尔我仍然会想，或许他正是我对恋爱感到倦怠的证据吧。

可能对于他来说，我也是这样的一种存在吧。

我觉得在登台开始演讲的时候，
以“我现在很紧张”作为开场白似乎并不怎么高明，
因为这看上去像是提前为自己做不好演讲而铺设退路。
为什么演讲还没有开始，就先自挫锐气呢？

——庆璇

特别在日记的最后你提到把
“我现在很紧张”作为演讲的开场白，
就是在提前给自己铺设退路，这句话让我有醍醐灌顶之感，
好像一盆冷水，在我写这篇日记的时候，
泼在我的头上，让我警醒。
我要赶紧把这个粗鄙拙劣的语言习惯改掉。
如果到时候不知不觉地脱口而出“我现在很紧张……”
那么我一定要重新调整口型，
把这句话换成“我现在很激动”。

——秀珍

缠绵之后
真的全都一个样吗

庆

璇

秀珍：

今天过得好吗？

或许是换季的缘故吧，你似乎无精打采的。出门赴约感到疲惫，恋爱、性欲也都变成了让你倦怠的事情，这真令人惋惜。但是……我看你参加各种活动还是乐此不疲的嘛。在你的日记里读了那篇短篇小说的片段之后，我的内心五味杂陈。

你说女主角对男主角是这么说的："反正缠绵之后全都一个样，这一点你不是也心知肚明吗？所以不用在意有没有真正上过床，那份想要一起共度春宵的美好心情，才是最可贵的。

你想跟我缠绵，而我也想跟你缠绵，我的这份渴望虽不及你，但也有你的一半多，这就够了。”我并没有读过这个小说，所以不太清楚前因后果，但仅从你给我读的这个片段来看，我还是想和你探讨一下它的观点。

从心底渴望彼此的心情当然是缠绵悱恻的，因为彼此还没有揭开那层神秘的面纱，所以会把对方理想化，两个人会小心翼翼地只给对方呈现出自己最好的一面。只在想象中相处，而不去真正实践，确实能保证人们躲在更安全的幻想中。“反正云雨之后，心动的感觉就会渐渐消失，上床这件事也让人感到厌倦，而爱情也会越来越淡，很快就因失去新鲜感而分手了”，这的确是世间一种普遍的想法，从宏观视野来看，这属于人类生老病死过程中必经的一部分。

你看过电影《降临》吗？原著小说的题目是《你一生的

故事》[1]。一次偶然的机会，一个科学家预知自己在未来会遭逢一起不幸的灾祸，借用作家朴婉绪的话来说，这个不幸是连"一丝丝甜美都荡然无存"的悲伤至极的事情。虽然很清楚自己以后的宿命，她依然按照既定的步骤沉静向前，尽情品尝其中的幸福，就像对日后要遭逢的不幸一无所知。在整部电影中，她向观众展示出一种安之若素，而唯有真正接受了痛苦的人才能散发出这种泰然自若的气魄，故而能给观众带来一种锥心的痛楚和激荡的余韵。

我想说，因为人是有七情六欲的，所以经常会做出一些不合理的选择，但七情六欲也自有其积极的一面，不尽是消极的。或者说，人正因为有七情六欲才更富有人情味，才是完整的人。从这个角度考虑，即便"缠绵之后全都一个样"，每个人的生命体验也是不一样的，人生感受也是各不相同的。

---

① 由美国华裔作家特德·姜以语言学为核心创作的科幻小说，荣获1995年的星云奖和斯特金奖。——编者注

如果仅仅因为会“结束”，而且这“结局”不甚美好，便把这个过程视为失败或是不幸的经历，这无论对于对方还是自己都是非常残忍的，因为这段时光是彼此人生中无法替代的。

“我确信结局会是好的”“我一定能成功”，有几个人是因为先有这种明确的成功保证才去努力奋斗呢？包括我在内的许多人都是这样的心态：“尽人事听天命，如果运气足够好，说不定能得偿所愿。”无论最终的结果如何，只要我们尽力做过，就会让我们切实地体会到，人生没有虚度。我们会怀抱着欢喜的心情，踏上这样的一段旅程。

彼此爱慕、爱恋的两个人，想要互相亲近，肉体交融，这份欲望是极其自然的，符合人的本性，不存在任何问题。明明有欲望，却一再压抑，这种柏拉图式的爱情观反而是不健康的。它反映的恰恰是人的自私本性，“我只想永远品尝爱情芬芳的部分，不想受到任何伤害”。

人生就像一本内容丰富的书，其中总有痛苦的篇章，但我们不能因为痛苦就提前放弃或者举手投降，那我们的青春、我们的人生就太可惜了。与其拥有没有痛苦却不完整的喜悦，不如享受伴随着痛苦，却最终达成所愿的欢喜。

“反正缠绵之后全都一个样”，这个命题本身也不一定准确。也许就像你说的，缠绵之后，渐渐地，比起“兴奋”，两个人之间感受得更多的也许是“倦怠”，但在他们的身体合二为一的那一刻，他们可以对彼此毫无保留，不必耍任何心机，赤诚相见，就那样给彼此带来充盈的满足感。两个人同床共枕的时间越长，并不意味着他们的关系一定会变得越发索然无趣，他们的关系曲线一定是每况愈下，也有可能会一直像当初那样美好，甚至越来越好。因为人的身体并不像看起来那样简单，而是有着无尽的可能性，只要你了解它的使用诀窍，便会发现它能给你带来最大的愉悦。

我不喜欢“反正”与“全都一个样”这样的说法，因为我觉得它们从一开始就斩断了各种可能，论调消极，否定了所有尝试与努力。

“反正试不试结果也都一样。”

“人们全都一个样。”

对于常把这些话挂在嘴边的人，我会尽可能地与他们保持距离。他们经常用这些话来掩盖自己的懒惰、不足与错误，不肯承认别人的不同，或者是在别人准备奋力奔跑的时候给他们使绊子、泼冷水。

既然情感会让人变得更富有人情味，那么我希望至少在情感的领域，应当尽可能保持个人的自由。喜欢一个人、爱一个人，两个人之间的性爱难道不是最美好的喜悦与幸福吗？它不仅不会让人疲惫，我想再也没有任何其他东西比它更能给人带来这样的生机与活力，我们的生活因此而有动机与意义。那么你所感受的倦怠，其本质究竟是什么呢？这个嘛，只是与“特定某个人”的这种关系让你感到倦怠罢了，恋爱与爱情本身是没有任何原罪的。

请你再三斟酌吧，秀珍。

我们刚开始写交换日记的时候，其实我一开始是有些顾虑的：要是厌倦了怎么办？要是我们吵架伤了和气可如何是好……“从概率来看”这样的情况在相处时是经常发生的。但对于这种概率，我们说“管它呢”，然后就这样一笑而过。我们可以成熟地接受厌倦与吵架的可能，绝对不会因此而放弃。我们只要珍惜当前拥有的这一刻，用心去写作便可以了。即使我们之间真的发生了不愉快，友情破裂，再也不愿彼此相见，我也可以向你保证一点：你对我倾诉的所有秘密，我会把它们带到坟墓里。不过这么一说出来，感觉好像更可怕了……

不多说了，换季期间一定要珍重身体。

今天就写到这里吧。

犹记初相见

秀珍

“你看过电影《降临》吗？”

当我听到姐姐的这个问题，我立刻惊叹一声，因为我在看这部电影与它的原著时，也曾经百感交集。

主人公明明知道自己的未来会遭逢不幸，却无所畏惧地顺应、追随她的命运，关于这一点，原著里的描写是“就像演员按照既定的剧本表演一般”，我觉得这个描写实在是精彩绝伦。倘若是我已经知道自己的未来，我能像一个演员一样，按照既定的角色去表演，佯装不知未来的命运，一如既往地热爱当下的生活吗？如果我知道我很快就会遭遇不幸，面临痛苦的死亡，我能佯装毫不知情，依然开怀大笑，依然我行我素吗？我记得这个问题曾萦绕在我的脑海中久久不散，让我心情沉重。

其实相比这段情节，《降临》里还有一个地方给我的印象更加深刻。那就是语言对我们的思考方式所产生的影响。作者提出的“沃尔夫假说”（Sapir-Whorf hypothesis）[①]一下子就把我迷住了。

我在阅读的时候，的确会有很多类似的体验。比如，虽然我确实感觉、感受到了一些东西，但心中的这些想法找不到合适的语言表达，直到在某次阅读的时候找到了完美匹配的语言外衣，这才精准地表达出来。同时，这些语言会重新进入我的思想，不断地撼动我、改变我。最近几年有如此作

① 又称“语言相对论”，是关于语言、文化和思维三者关系的重要理论，即在不同文化下，不同语言所具有的结构、意义和使用等方面的差异，在很大程度上影响了使用者的思维方式。——编者注

用的词语之一就是“女权主义”。除此以外，还有“诚实”，但如果不是读了你的著作，这个词语不会对我产生那么持久的影响。这样的体验让我渴望接触更多书籍，渴望阅读。

不久前，我曾在一本书中读到了一个概念——“启动效应”，这是一个认知心理学术语，是指由于之前受某一刺激的影响而使得之后对同一刺激的知觉和加工变得容易的心理现象。简而言之就是：我们所接触的信息都会在潜意识中对我们产生影响。这本书还介绍了一些简单的实验，我也顺便读了一下，其中一个实验大致是这样的：实验人员把一群人分成了两个小组，其中一个小组所接触的都是一些与金钱没有关联的词语，而另外一个小组则会接触大量与金钱有关联的词语。结果，那个反复听到与金钱有关联的词语的小组，表现出了更加自私、冷漠的态度。在阅读的时候，我心里暗暗思忖：“不会吧，人们真的会因为这样几个词语就会突然改变吗？人难道有这么愚蠢吗？”实际上，人有时真的是愚蠢的，不是吗？即便是一个小小的词语，人们也会受到影响。不仅如此，我们看的电视节目、听的音乐、交往的朋友，都会神不知鬼不觉地给我们带来潜移默化的影响。

这种启动效应持续的时间并不长，很快人们就会恢复到原来的样子。但如果一个人反复接触这样的词语，那么这些词语就会在不知不觉中引发他的关联行为，改变他的心态。

回想起来，我很喜欢说“所有一切都让人疲惫、倦怠”，而你所不喜欢的“反正”“全都一个样”这些话，我也经常挂在嘴边。我是这样一个经常表现出灰心丧气的人，而每次当我絮叨这些话的时候，你总是用语言、行动来反驳我，告诉我不是这样的。我想，也许我正是靠着姐姐的鼓励，才能远离负能量的泥淖，不断地成长成一个比较积极奋进的人吧。

那么，你是否也会因为我的缘故，变成一个比原来略微懒散的人呢？

我还记得有一次，你的一本书刚刚出版，紧接着就开始焦急地考虑下一本书该写些什么。当时的我给了你当头一棒，我说你现在的做派太不像是一个艺术家了，一点都不知道偷懒怎么能行呢？

我们竟能对彼此产生这么大的影响力，这真是太有趣、太新鲜了。在我们初遇之时，我一点都没有想到，有一天我们会发展成这样的关系。

曾经有一位观众在我们的节目里面回帖，询问我们初遇时的情景。

我依然记得那一天。我的一个推特好友邀请我参加一个精致的晚宴，到了之后，我发现姐姐你也在那里，这都是几年前的事情了呀……其实我现在要告诉你，当时我是听说你要去参加这个晚宴，我才决定去赴宴的。之前你曾经在《柳熙烈的收音机天国》这档节目中，以“猫女”为艺名主持过一个板块，而我则是这个板块的忠实听众。每当我听这个节目时，都会忍不住感叹，她何以每次都能用这么清脆的声音，当场解决听众提出的每一个困扰呢？她过去的人生是怎样的，为何能洞察世间那么多的疾苦呢？当我听说有机会见到这样一个人时，我有什么理由错过呢？

在梨泰院一家小小的餐厅里，我们羞涩地打着招呼，“哎呀，你好”，这幅景象恍如昨日。

我们是怎么变得这么亲密无间的呢？

我们
都需要宽容

庆
璇

秀珍：

近来晚春的天气已颇带些初夏的味道。花瓣纷纷扬扬，树上已经长出些许嫩绿的小叶子，整个世界充满美好温馨的气息。这一周天气风和日丽，而我却有些心烦意乱，你大概会疑惑,到底发生什么事情了呢？简单来说……我遭遇了“自由”被侵犯的困局，一次是我所信赖的人遭遇的，一次是我自己；一次是被堵住了嘴巴，而另一次则恰恰相反，被强行撬开了嘴巴。

人们为什么不肯承认，别人的想法不可能总是与自己的一模一样呢？对于别人的“不同”，我们为什么经常草率地盖上“错误”的印章呢？在如今的网络环境下，我们与别人的距离太近了，所以更加难以容忍那些与我们想法不同的人了。难道是“宽容”的问题吗？我认为，当我们发现别人的想法与我们有所不同时，可以采取下面几种不同的态度：

1. 承认彼此的不同，各行其道。“我是这样想的，而你是那样想的。原来如此。”

2. 道不同不相为谋，保持适当的距离。

3. 相互交换意见，一起讨论。“我很好奇你为什么那么想，能不能仔细地讲给我听呢？”此时，一方可能会被另一方说服，但这么做的目的并不在于得出什么结论，或者是分出高低胜负，而在于更加深刻地理解彼此的观点，认识到自身逻辑的不足之处。

当我们与别人的想法有所不同时，下面这种态度是千万要不得的：

“你的想法是错误的，所以……”

“所以”的后面可能会跟着这样几句话：

“你的想法是错误的，所以给我闭嘴。”

“你的想法是错误的，所以要按照我告诉你的来说。”

这是一种确定无疑的暴力，但人们往往会假借“正义”或“政治正确”之名，把暴力性隐藏起来，继而操纵别人，而这一点是最令人悲伤的，历史上的法西斯统治就是这样开始的。出现“不同的意见”是人类社会的必然发展趋势，而否认少数意见或不同意见的做法，无异于要把世间万事分成非黑即白的两个极端。任何人都没有权利捂住别人的嘴巴，或者强迫别人按照自己的要求去讲话。不允许别人有一丝质疑，这种做法是把别人当成愚民，会让人变得盲目、极端。

奇怪的是，当发现别人的想法与自己意见相左时，我们往往会在脑海里给对方贴上一个标签。按照常识来讲，贴标签的人要根据无罪推定的原则，逻辑清楚地说明自己这么做的原因，好让别人接受。但是，如果你已经给别人贴好了标签，却又向他提出“如果并非如此，你来证明一下”的要求，那就太不合理了。不仅如此，当被贴标签的人反驳时，贴标签的人根本不会去认真倾听。因为从一开始，他们就不重视真实情况与事实，他们只想朝着符合自己利益的方向去阐释。当这种执拗开始变成一种固定的行为模式，人们渐渐就会相互审视、苛责，那么整个社会就会变得人人自危。

秀珍，今天我是不是有点太严肃了？但正如你所说的，人有时是愚蠢的，很容易受别人的影响，所以当个人自由受到侵犯的时候，一定要敏锐地、细致地保护自己。对于喜欢说“我这么说是为了你好”的人，我们必须警惕。因为有的人说这些话其实是“为了自己好”。总而言之，我们既要尊重自己的想法，也要尊重别人的想法，既不能去操纵别人，也不要被别人所操纵。

上周你谈到了我们初次相逢的情景，其实我当初也从未想到我们会发展得像今天这样，每天聊个不停。在我所认识的人里面，你是最富有艺术家气息的人，而在你所认识的人当中，我肯定是那个最务实的人了。我就像是工厂里一台加足马力的机器，出版完一本书以后，又接着马不停蹄地开始新书的创作。我这样连轴转，你劝我说“姐姐，搞艺术的人这样可不行”，这句话给我带来了极大的冲击。因为我虽然写了几本小说，但完全没有觉得自己是一个艺术创造者。上大学时我的专业是政治学，上班时工作的内容也只与市场营销有关，而写作只是一个情非得已、退而求其次的选择……虽然我从小就喜欢书，也阅读了大量的书籍，但我绝对不是文艺女青年，所以“艺术”这个词对我来说是很别扭的。但自从你给我这一番当头棒喝之后，我便突然意识到，我所做的这份工作是以创意为基础的，因此我内心的某个角落渐渐开始发生变化，而我觉得这些变化都是极好的，对此我非常感激你。

你知道吗？一开始我告诉身边的朋友们，我要和秀珍一起写“交换日记”的时候，很多人的反应是“很意外”，因为他们觉得从表面来看我们一点都不熟，而我也清楚他们这么想的原因。但那些一开始觉得意外的人，后来却一针见血地指出，我们两个是很相像的。我们都在非常独立地做着自己喜欢的事情，而且我们都不会刻意迎合别人，我把这理解为一种“自由”。将来即使我们不再傲立时代潮头，即便我们不能在人群之中出类拔萃，即便人们对我们指指点点、说我们已经过气，我们也不要在意别人的眼光，而是继续独立地去做喜欢的事情，从容、自由地生活下去。

今天就写到这里吧。

回想起来，我很喜欢说“所有一切都让人疲惫、倦怠”，
而你所不喜欢的“反正”“全都一个样”这些话，
我也经常挂在嘴边。
我是这样一个经常表现出灰心丧气的人，
而每次当我絮叨这些话的时候，
你总是用语言、行动来反驳我，告诉我不是这样的。
我想，也许我正是靠着姐姐的鼓励，才能远离负能量的泥淖，
不断地成长成一个比较积极奋进的人吧。

——秀珍

将来即使我们不再傲立时代潮头，
即便我们不能在人群之中出类拔萃，
即便人们对我们指指点点、说我们已经过气，
我们也不要在意别人的眼光，
而是继续独立地去做喜欢的事情，从容、自由地生活下去。

——庆璇

我
讨厌这种人

秀
珍

上次我听了姐姐主持的电台节目，你的嗓音听起来似乎特别疲惫，不知道是否因为我自己心情疲惫的缘故呢？

我虽不知道你最近究竟遇到了什么事情，但有一点我非常清楚，那就是你一直都非常重视“个人自由”。当我知道有人因为你的意见与他的不同，便表现出一副“我肯定是对的，所以你给我闭嘴，按照我说的去做”的态度时，我想这一定给你造成了严重的心理伤害，而且这样的事情一周之内你竟然经历了两次呢！希望你现在心情能阴转晴了。

我们一般不是有这种说法嘛，要判断一个人的人品，衡量的标准之一，便是看他在餐厅里对待服务员的态度。但其实我对此有一些怀疑，因为我曾经见过不少对服务员彬彬有礼，实际上却人格卑劣的人。我也是这样，我自认为是一个比较讲礼貌的人，但我并不善良。

我认为，判断一个人的人品如何，看他如何对待一个意见不同的人，才是一个更加有说服力的衡量标准。与一个意见相左的人打交道，的确十分辛苦，特别是在“女权主义”的问题上，我想很多人都有着与我相似的经历：明明讲的是同一种语言，却感觉是在对牛弹琴，这简直让人抓狂。

有两种人是我特别警惕的。

一种是爱走极端的人。你所说的那种不肯承认别人“不同”的人之中，有相当一部分便属于此类。即便他们打出的名义何等堂而皇之，即便他们所信奉的理论多么正义凛然，当他们的态度变得极端起来，情况便会变得十分危险。因为这种极端的态度简单粗暴地把世界分割成善与恶的二元对立，所以他们很容易认为，我是正确的，如果你的意见与我不同，那你便是我的敌人，你便是罪大恶极。

刚刚我打开推特看了一下，姐姐你刚发了这样一条状态：

愤怒 + 不满（或者是不安）+ 缺乏勇气 = 冷嘲热讽 / 嘲弄

这就叫作“心灵感应”吧？

政治立场、宗教、女权主义、阅读、素食主义……这些都是我们重要而珍贵的信念，可即便这些信念再正确，如果走向了极端，我们就很容易忍不住去攻讦、伤害那些与自己信念不同的人。

我特别喜欢一句话，那就是“我们要一直保持清醒”，而我逐渐认识到，这其实很难做到。我们当然要一直以清醒的眼光去看待人间世事，让自己站在正确的一方。但同时，即便我们站在正确的一方，依然要时刻保持清醒。我们决不能因为自己站在了正确的一方就可以高枕无忧了。我们还要时刻观察，自己有没有看错，有没有在陶醉于所谓正义之名时，而陷入了黑暗的憎恶之中呢？这种憎恶的心理甚至比那些站在错误一方的人的心理还要黑暗。我们必须不断质疑、审视、自省。

第二种人就是那种以挖苦、讥讽别人为乐的人。当他们发现别人与自己的想法不同，而且他们觉得别人的意见似乎是错误的，但又没有勇气直接指出来的时候，他们便经常会采取这种挖苦、嘲笑的态度。对于这种喜欢冷嘲热讽的人，不管他们与我再怎么志趣相投，我对他们的态度与对待第一种人是一样的，那就是敬而远之。因为我认为嘲弄讥讽别人就是一种胆怯、卑劣的行径，而且对解决问题没有丝毫帮助。

除了这两个问题以外，我对其他问题还算比较宽容。比如，虽然大家都说一定要小心那些在背后讲别人坏话的人，但我却认为，这是人之本性，不是我说人，便是人说我。

这世间有那么多人与自己不合拍，这份怒火怎么可以轻易忍受，必须跟自己亲密的人唠叨唠叨才能消火解气。只要不用太刻薄的语言，嘟囔两句也是一种发泄。换位思考，如果别人也和朋友吐槽我，我也不会怎么生气。

以前我曾很讨厌那些喜欢阿谀奉承、虚伪做作的人，但现在我不这么看了。这不也是一种努力吗？也是要费一些心思吧？即便有人很明显是在说刻意奉承的假话，我也会看作是这个阿谀奉承、虚伪做作之人的努力，我会积极地看待这份努力，衷心地对他们说一句：谢谢你的夸奖。

我刚才说，我对那种倾向于任何一方的极端态度，以及那种喜欢嘲弄、揶揄的态度一直保持警惕，这句话不仅仅适用于别人，也适用于我自己。我自己也经常陶醉于自己所信奉的信念，容易变成一个极端的人。当我发现别人与我的想法不同时，我会从内心里升腾出一种想要揶揄对方的强烈本能与欲望，甚至会有羞辱对方的想法，哪怕这种想法一闪而过。

有时候我也会失去理性，会冲动地嘲笑、挖苦别人，会对别人恶言相向，等清醒过来时，又会觉得自己无比的面目可憎。

你这一周被人际关系困扰，而我这一周则是因工作而疲惫，即便如此，我们依然在默默地、坚韧地活过每一天，我觉得我们都很了不起。

我们近期赶快见一面，吃点美食，痛痛快快地骂……骂……人吧。

当我们
共事时

庆
璇

秀珍：

我刚刚怀着酣畅淋漓的心情，读完了你上周的日记。仔细想来，比起谈论“喜欢的东西”，我们在谈到“讨厌的东西”时似乎更加头头是道……仿佛这更容易令人激动。那么今天就谈一下我所讨厌的人，怎么样?

我讨厌怯懦的人。今天早上，在我先生正准备上班的时候，我问他：“老公，你觉得我最反感什么样的人?”结果他一下子就猜了出来，看来对于自己讨厌的人，我表现得态度鲜明。“还有呢？”他说除此以外就没有别的了。呃，好像也对。除了怯懦这一点以外，我似乎对其他招人厌烦的因素都不太介意，因为那都是自身修养的问题，我觉得与其谴责别人，倒不如多想想如何做好自己。

我曾很认真地考虑过，什么是怯懦呢？我认为，所谓怯懦的人，首先就是没有解决好自己的问题的人。这种人虽然对自己有不满，却缺乏解决问题的意志。他们不去想办法愈合过去的创伤，或是寻找与创伤和平相处的办法，而是把自己的一切不幸与不顺都归咎于旁人。他们无法接受真实的自己，总是试图逃避、掩饰。在与别人的关系里，他们会表现得极其偏执。这种特点在平时表现得不太明显，但到了关键时刻，比如说当他们自己或身边的人遭遇困难的时候，便会立刻本性毕露。

最近我正在为我的新随笔集收尾，在这个过程中，我对“共事”的关系，也就是工作伙伴的关系有了更多的思考。

你知道，一本书中的文章虽然是作者写的，但这些文章要变成一本书，还要与各领域的专业人士共同协作才行。比如起书名、做封面设计等，这些工作对于一本书的销量都有举足轻重的作用，需要作者、编辑、市场营销、设计师等各个部门的工作伙伴聚在一起共同商议，然后做出最终决定。在这个过程中当然会有不同思想、意见的摩擦碰撞，这都不是坏事，只要遵守几个原则就好了。

首先，所有人都要拥有共同的愿景。每个人的想法、立场可以稍有不同，但是大家的终极目标应该是一致的。以出版书籍为例，这个目标便是“做好一本书，让这本书受到读者的青睐”，所有人都应该把“做好这本书”放在第一位。如果某个人或是某个部门想要特别突显自己的存在感，或把自己的其他私心放在这个目标之上，那事情就难办了。在共同协作的关系中，个人利益无关紧要，把共同做的这件事做好才是当务之急。

其次，大家必须能够畅所欲言。要想工作进展顺利，必须保证所有相关人员都能够发表自己的观点。少数服从多数并不一定是合理的，当一个人拥有某种清楚的见解时，他必须谦逊诚实、仔细认真地向大家解释，说服大家，尽可能让大家心悦诚服地接受。唯有如此，大家才能接受他的意见，才能更有劲头地推动工作的进展。共同商议，听取别人的意见，这些在工作中非常非常重要。通过别人可以启发那些自己忽略的地方、拓宽自己的视野，这个过程之中充满着求知的快乐，而这种快乐只有善于工作、享受工作的人才能体会得到。

只要我们向着共同的目标，以一种平等的方式沟通交流，我们就可以在共事的过程中发现“相信”的美好。

尊重彼此的人格，相信我们能从彼此身上学到很多东西。

相信每个人都能在自己的岗位上尽最大的努力。

对于不同的意见或是合理的批评，相信每个人都不会感情用事。

当别人指出我们的不足之处时，我们都会感到不舒服，这很正常。但如果我们因此觉得自己受到了伤害，从而自我折磨、攻击别人，那就不是专业人士该有的态度了。有机会你可以去看一部日本电视剧，名叫《重版出来》。剧中人的工作方式都是非常坦率、真诚、平等的，这是一群懂得“工作的趣味与意义”的人。我相信，只要你觉得工作有趣，那么它会比玩乐有趣一百倍！

哦，对了。刚才编辑通过电子邮件把随笔集的封面初稿发过来了，今天我就写到这里吧。盼望尽快和你见面！

不自由的自由职业者

秀珍

快中午了，而我现在正哈欠连天，坐在一个冷气十足的咖啡厅里，一杯冰美式咖啡快要见底了，我却仿佛依然没有清醒过来。很长时间以来，我总觉得自己的脑袋里一团糨糊，无论阅读、写作都像是在半梦半醒之间完成的，每天都感到疲乏得不堪重负。但就算这样，在跟你聊天这件事情上，我却一点都不觉得累，真是奇妙。

我这种状态，大概是因为工作已经超负荷了。

而这句话你也常对我说："你的工作量太大了。"

解决的办法真是简单得不能再简单：我必须减少工作量，但试过的人都知道，这件事情实践起来是多么困难。减少工作量？难于登天啊！

对于自由职业者来说，未来是飘忽不定的，令人惶恐不安。我们既不能在公司这样的组织里找到归属感，每个月也没有工资这样有保障的收入。所以我们没有什么安全感，时刻不能放松警惕，总是做最坏的打算，担心明天就无事可做，失去收入来源。即便眼下有充分的工作可以做，我们仍旧不能安心。

除了这种不安的心理，自由职业者还存在其他一些问题。其实我经常会面临一种诱惑，那就是变得更有能力、更有才华的诱惑，而摆脱这种诱惑比解决任何问题都要难上好几倍。每次，当我收到委托工作给我的电子邮件时，我都无比激动，无比幸福！赚钱倒在其次，当我得知有地方需要我的时候，我便会产生一种快感，这种快感让我感受到工作的乐趣，那么鲜活生动，任何东西都不能比拟。当我圆满地结束一份工作时，比如说我所写的采访报道，或是我所参与制作的歌曲受到别人的称赞时，那份飘飘然的心情…………………………………………………………（此处用大量的省略号来表现雀跃的心情。）

当人们需要我的时候，我会有片刻的得意，但我的心情很快又会被一种不安所填满，那就是也许明天就没有人再需要我了。不是有一句俗语叫作“机不可失，时不再来”吗？我每天就在这种得意、不安，还有对时机不再的恐慌中挣扎，不知不觉生活就变成了现在的样子：整日呵欠连天，大脑也无法运转，而我就像是行尸走肉，浑浑噩噩地处理事情，然后回到家里，面对堆积的脏衣服、要洗的碗筷，还有一推再推，最后变成一堆废纸的展示会邀请函，以及满地的灰尘与头发。你知道最糟糕的是什么吗？我总感觉许多我执意要做的工作整体水平都在下降。我已接近崩溃的边缘，为了摆脱这种恐惧，我都不记得曾多少次呐喊过：“要是再接别的工作，我就不是人！”

当然有时候，我也会觉得自由职业者的生活是称心如意的。

当天气极度恶劣的时候，当身心极度不舒服的时候，或是在工作日的白天漫步在清冷的街道上，或去看一场话剧或展览的时候，我便会庆幸自己不是上班族，这是自由职业者的“自由”带来的甜蜜瞬间。

但是，当我必须要孤军奋战开拓未来的时候，当我被迫要独立做决定的时候，我又会产生一种恐慌感，甚至整日都处于焦虑之中，搞得自己疲惫不堪。在这样的深夜，我总是会想象，如果去公司做一个上班族会怎样呢？如果有人给我安排好该做的工作，这样的生活会是什么样子？竭尽全力完成上司安排的工作，中途适当地偷些懒，每个月等待着绝不会辜负自己的工资，这样的人生会是什么样子？这是一个从未在公司上过班的人，描绘出的天真烂漫的想象。虽然我从来没有在公司工作过，但我想，我或许真的非常适合上班族的生活呢。我曾预想过，也许我会很顺利地适应职场生活，但身边的人却告诉我，要是我去参加一个职场生活的真人秀节目，肯定会状况百出，给节目带来不少看点。难道在他们的眼里，我真的适应不了职场生活，我就这么不能融入集体吗？姐姐，在你看来如何呢？你应该对这两种生活的优缺点都颇为了解，因为你曾经做过很长时间的上班族，而现在又是一名自由职业者。无论作为上班族还是作为自由职业者，你都是那么出类拔萃。

这好像还是我第一次这样敞开心扉、长篇大论地抱怨工作量太大、太辛苦呢。以前我从来没有机会这么酣畅淋漓地把心里话都说出来，因为我刚一开口，就会被别人两句话堵回来："忙一点好啊！""不管怎样，你做的是自己喜欢的事呀。"

昨天有一个好久不见的朋友给我发来了消息，说她很想念我。我回复说："我也很想念你。"她接着问我："那我们什么时候方便见一面呢？"这个询问具体日期的问题让我有些局促不安，我赶紧看了看自己的日程安排表，结果要做的事情实在太多了，而且不确定这些事情什么时候能忙完，所以我一时之间不知道该怎么回答才好。虽然我名义上是一个自由职业者，二十四小时都可以自由支配，但时间仿佛并不由我掌控。最后，我只好这样回复我的朋友："我忽然感觉自己像是被软禁在自己打造的囚笼里。"

虽然这次的决心极有可能会再次变成空洞的口号，但我还是要再说一次：

"如果我再让自己的工作量增多，我就不是人！"

做一个快乐的工作狂

庆璇

秀珍：

确实如你所述，你为什么有那么多工作，对于这个问题，我一直都感到很不理解。以前你看到我马不停蹄地工作，还曾提醒我说搞艺术的人不可以这样，应该悠闲地生活，怎么现在刚好反过来了呢？但是你现在工作量那么大，也是很自然的事情。三十多岁的后半段，是工作最出成果的时候，我觉得这个年龄段是每个人工作能力与体力契合的黄金时期。作为一个自由职业者，至少有五到七年的时间应该是一种任何工作都来者不拒的状态，因为只有这样，才能训练出鉴别好工作的眼光。所以只要对健康不造成什么影响，发奋忘我地工作也挺好的。

我觉得，大概是你为人不懂拒绝的缘故，才使得你的工作量那么巨大，没想到，你是因为想让自己变得更加才华出众。你并不是为了多赚些钱，而是享受被别人需要给你带来的一丝快感。有人需要你，而你也能不负所托，漂亮地完成工作，获得赞誉，这当然会让人心情愉悦。跟你相比，我看待工作的视角就相当现实，而且与自我成就感关系不大。

首先，钱对于我来说不是次要的问题，而是全部的问题。在过去十四年的自由职业者生涯里，我只有两次免费工作的经历，报酬是我衡量一份工作的关键因素。作为一名自由职业者，你必须铭记于心的是，报酬是“别人认为你所具有的价值”，谈好报酬你再开始工作，唯有如此，你才能够冷静地看待金钱，维护自己的价值。比如有人请我去做演讲，但这个人却只谈工作不谈报酬，那么我就会主动跟他确认：“去演讲有没有劳务费呢？”通常来说避不谈钱，或是在最后才谈钱的公司，他们支付的报酬大概率会比较少。一开始请我工作的时候，他们显得意气风发，嗓门也很大，但真正谈到报酬问题的时候，他们的声音却突然变得柔弱、凄惨起来。

“我们公司很穷……”

“我们给的预算比较少……”

“我们的规模比较小……”

“是吗？那干脆就不要做了。”我虽然不会把这句话说出口，但他们说的那些话我是不会相信的。没钱的公司是不会举办这种会产生额外费用的活动的。他们公司真正的财政情况，我们局外人怎么知道呢？不管他们找什么借口，我都不能接受。

你以为这就算完了吗？还有更恶劣的人，他们反复强调这次活动是非营利性的，他们属于公益团体。他们会直截了当地说，做这个工作就不要考虑钱了，仿佛他们肯把这件事情交给你来做，于你已是莫大的荣幸。这种咄咄逼人的方式是一种道德绑架，强迫人免费替他们工作，仿佛谈报酬就是冷酷无情。实在是好笑，真正冷酷无情的人并不是我呀。

我不会因为别人的肯定就觉得自己很有才华，或者干脆些说，我对“才华”这个词没有什么感觉，如同“自尊”一样，我都无感。不管别人做何评判，我做得好或不好，我比任何人都清楚。话说回来，如今到了我这把年纪，还要讨论有没有才华的问题，让我感觉羞愧难当，好像一个三十多岁的人仍然在诉说成长之痛。人到四十，不管活得有没有出息，都应该让自己在某种程度上变得更有价值——不再给身边的人添麻烦，而是对他们有所裨益。

你说，你总是担忧明天别人就不会委托工作给你了，而这也是你不停接受工作的原因之一。对于我来说，似乎是自由职业者做到第十个年头的时候，才没有了这种不安或者焦虑。这并不是因为我结婚了，在经济上可以依赖我的伴侣，而是因为我经历了几件事。其一是我的随笔《关于态度》发行量超过了十万册。村上隆是日本的一位小说家兼电影导演，他比村上春树出道要早，他曾经训诫村上春树说：“当作家的人，一定要出版一次畅销书（百万畅销书）。”

村上隆的处女作就大获成功，而村上春树在出道之初的追捧者主要是他本人的一些粉丝。从今天的成就来看，村上隆对村上春树的训诫显得不自量力，但我认为，当时村上隆的话并没有错。从事写作的人，写出畅销书，读者数量成倍增长的经历，哪怕只有一次，也会微妙地改变自己，改变周围所处的环境，这种奇妙的满足感会在心底生根。当然销售成绩并不能代表一切，但当你的成果能以肉眼可见的具体方式呈现出来，就会对你的工作节奏把控产生积极的影响。你的不满情绪便不会绵绵不绝、悄无声息地日积月累，你也不会再焦急不堪了。

自从2005年开始做自由职业者以来，我的收入每年都在增长，三年后我的年收入就非常稳定了，这让我感到心满意足，在心理上给我带来了安定感。虽然我的收入跟明星或是大企业高管的收入相比不值一提——当然我们的工作性质本来就没有可比性——我只是单纯靠写作与演讲，而且是做我所喜欢的事情就获得了这些收入，这让我觉得自己很了不起。

将来就算我的收入会减少，我也不后悔这段为工作拼尽全力的时光，我的付出获得了合理的回报，让人心安。

最后一点，当我在某一个时刻抬头凝望时忽然发现，我原来已经出版了很多书了。从前我只是埋头苦干，平均每年出两本书，我这才发现，这些年累积下来，我出版的书已经相当可观了，而这些书又变成了新书宣传时最好的媒体。虽然每本书的销量不算很高，但出书数量较多，这些纸质书的版税、电子书版税等叠加起来，也算是一笔意外的进账，在紧要关头能派上用场。

你还问我，我既做过上班族，也做过自由职业者，在我看来哪一种更好呢？我只能凭我的经验来回答这个问题。我觉得，作为一个初入职场的菜鸟，要积累各种经验，学习各种业务，需要少则七年、多则十年的时间（我做了十二年）。

随着职位等级越来越高，组织管理与行政工作会占据更大的比重，所以那些擅长独立处理业务的人，或是具有敏感、完美主义气质的人，往往会毅然决然地去做自由职业者。只对自己负责，这也是一个不错的选择，因为这能让他们的能力尽情发挥，不受任何制约。不必去别人的公司上班也能养家糊口，这样的机会越多，就越说明这是一个好的社会。将来人类的寿命会越来越长，总有一天任何人都可以拥有一次作为自由职业者的经历，甚至不只从事一种职业，可能会同时从事两三种职业。

从这个角度来说，秀珍你那么多才多艺，而你所涉猎的范围又很容易拓宽，所以当你说担心将来无事可做时，我有些难以理解。当然做一名自由职业者肯定是要冒风险的，有时候也必须做出一定的牺牲，重要的是我们要不断前进，不中途放弃，不是吗？一个人就算把自己喜欢的事情当作自由职业，最终这份喜爱能否经得起岁月的考验呢？他能否一直对这件事保持兴趣，并在这份工作中获得成长呢？这些问题都至关重要。

秀珍，你还问我，你是否缺乏社交能力，是不是无法适应组织生活呢？是的！因为面对不喜欢的人，你就会立刻变得面无表情，要是在公司里你也这样，你就直接……嘿嘿。总之，反正你也不会到公司去上班，与其花这个时间去想象，不如写点稿子。我一点都不担心你，也一点都不担心我自己。

如果是出于工作需要与人见面，你很快就能确定好时间，但当朋友说“我们过几天见面吧”，你就会犹豫不决，这份心情，我完全能理解。本来喜欢工作的人都不太会单纯以社交为目的而出门。那么，到底大家都是找了什么借口避免见面的呢？呃……如果是一个出版社的编辑，他只要借口说在忙一本书的付印就行了。下次这个朋友如果再说要见面，就说另一本书正准备付印，一直都在准备付印。如果是已婚女性，她们的固定借口可以是“孩子病了”，或是“要去婆婆家”。对于我来说，我的常用台词是“最近有些心神不宁”，我说的也是实话。至于秀珍你嘛……嗯，就撒谎说你在济州岛好了！

林庆璇协商报酬的方法

☆温馨提示：并不一定适用于所有人

1. 当工作委托方提出报酬时，无论多少，一律要清楚明白地反馈给他们默认报酬偏低，因为没有道理默认他们给多少我们就收多少，多尝试一次去提高报酬也不会有什么损失。我们之所以做不到这一点，主要是因为担心别人觉得自己唯利是图，或是因为自己没有做好这件事的自信，或是担心他们因为我们讨价还价而不再让我们去做了等等。如果说因为我们商量报酬的问题就不再合作了，那就意味着在这件事情上，我们一开始就不是无可取代的。

2. 如果委托人是部门领导或更高的职级，能够直接决定报酬，就更有利于协商。因为职级越低，就越没有决定权，只能照规矩办事。他们要想支付超过规定的报酬，就必须向领导请示，非常麻烦。当委托人在报酬方面拥有一定的决定权时，我们就要抱着“不行就散”的态度，果断与他们协商。

3. 如果他们给的报酬像乒乓球似的忽高忽低，那就咬牙谈判到底，就是多拿十万块（韩币）也好。这样做是不是看起来有些小气，不够体面？这个我们大可不必担心，因为协商结束以后，委托人会立刻把这件事忘到九霄云外的。

除此以外需要警惕（小心）的几点

1. 用金钱以外的东西抵消报酬

比如，如果他们说：“我请你吃一顿美餐。”那么我宁愿他们把请客的钱折合成现金。一顿饭再美味又能怎么样呢？而且还要跟一个不熟的人一起用餐、聊天，这个我还想收费呢！再加上来回搭上的时间与路费，多么不划算。秀珍呀，我是不是无可救药了？

2. 觉得他们可怜，所以免费贡献自己的才华？

不要因为他们看起来很可怜，就怀着“我要帮一下他”的想法去工作。倘若他们表示公司规模很小，我们就觉得他们是弱者，他们很不容易，从而全盘接受了他们提出的要求，那么，我们转眼就会切实体会到“进厕所的时候与出厕所的时候不同”这一至理名言。随着工作的进展，他们的要求会变本加厉，远远超出他们所付的报酬，还要让我们觉得受到了恩赐，误以为彼此是共赢的关系。如果我们提出抗议，他们会说：“不就因为钱给得少吗？真是唯利是图。”最后我们倒成了一个斤斤计较的人。总之，不要和那些打着感情的幌子利用我们的人共事。

3. 日后会让我们心情不爽的妥协

在报酬的问题上，有一个“微妙的数额”，这个数额达不到自己满意的标准，但也不是说完全不可接受。这样的数额会让我内心比较纠结。按照我以前的作风，这样的工作肯定是要直接拒绝的，但除了报酬，其他方面都还挺满意。或是由于最近手头暂时没有别的工作，心理状态比较着急，所以就退而求其次地同意了。或者由于那天心情特别好，便随口答应了。但是一般来说，如果所得的报酬达不到心中的标准，等到真正要开始工作的日期临近，心情很有可能会失落，并且感到后悔莫及，这样接下来的工作任务往往不能漂亮地完成。

一种深情、动人的侵犯

秀珍

我刚刚又重新读了你的日记，在我看到“随笔新作”的时候，就在想象它的内容，看来真的快要面世了！

在你准备这本随笔集的时候，我一直在你身边，真的到了要出版的日子，我都感觉有些紧张、焦虑了呢！我想怀有这种心情的不仅是我一个人，很多人都是如此吧！

对于姐姐的著作我一向是充满期待的，但这次你要出版的随笔集，我比任何时候都更加渴望读到。

这是因为不久前我无意中听到的一句话。

你说：“这次要出版的书，秀珍你肯定会喜欢的。”

“这个你肯定会喜欢”，我隐约觉得这句话有些奇怪。怎么说呢，每次听到有人说这样的话，我总是感觉，他竟然“胆敢”对我下此定论！这未免有些越界了。别人怎么可能比我更了解自己，提前决定我会不会喜欢呢？这不科学。

但令人惊讶的是，在满溢着深爱与信赖的关系中，这也是有可能的。

我喜欢你，我对你很感兴趣，所以我关注你很久了，所以我懂你，说不定比你自己还要懂你。

前不久，姐姐你也对我说了这样的话。

“我这次出版的书，你肯定会喜欢的。”

嗬，为什么呢？这本书的哪一点让我一定会喜欢呢？

我本来是想这么问的，好不容易才忍住了。

我要亲自读一下这本书，看看我究竟为何喜欢它，这也是一种乐趣吧。

但就算是那些喜爱着我、一直在我身边看着我长大的人，他们的断言也不总是正确的。

甚至是那些最喜欢我、在我身边最久的人，也会判断错误。

首先是我妈妈，她坚信我最喜欢吃的小菜是酱牛肉。在我刚从父母家里搬出来独立生活的时候，我妈妈担心我不好好吃饭，便经常给我做些小菜送过来，每次都会有酱牛肉。有一次我问我妈妈，为什么每次都要给我做酱牛肉，她十分理直气壮地回答说："我闺女不是最喜欢吃酱牛肉嘛。"每次我妈妈引诱我回一趟家的时候，也总是说："我做了我闺女最爱吃的酱牛肉，你什么时候回来呀？"

其实……我才没有那么喜欢吃酱牛肉，我也从来没有说过"妈妈做的小菜里，我最喜欢吃酱牛肉"这样的话，或许小时候说过？在我五岁的时候？

妈妈的这份确信到底来自哪里呢？

还有就是我的一个朋友，我们从小学时开始要好，她可以说是我相处时间最久的老朋友了。有一次，我们一起吃饭，她忽然说："吃完饭我们去喝咖啡吧，前不久我刚尝过一种咖啡，那个味道你肯定会喜欢。"我就和她一起去喝了，是一种叫作"Orange Bianco"的咖啡，这是一种拿铁咖啡，里面有橙汁，还挺受欢迎的。这个咖啡也不是不好喝，但是……那并不是我所喜欢的类型，可是朋友却一直在旁边得意地问我："好喝吧？好喝吧？是你喜欢的味道吧？"

她所以为的，我喜欢的味道究竟是什么呢？

这些长久陪伴着我、喜欢着我的人，他们所臆想的我有时候是正确的，有时候是错误的，但可以确定的一点是，无论正确与否，他们都让我感到很幸福。

从现如今的人际关系看，仿佛保持一定的距离才是更合理自然的，考虑到这一点，我才更觉得他们的"断言"让我幸福。我讨厌别人给我带来伤害，也不想去伤害别人，我在与人相处时总是小心翼翼，确实会让人觉得索然无趣。

特别是每当脆弱、孤独来袭的时候，如果有人打来电话，说：“喂，我知道你很忙，但这个周末你要跟我去吃咖喱饭，那里的咖喱饭绝对就是你的菜呀。”在这个人际关系淡漠疏远的社会，这真的是一种深情、动人的侵犯。

在上一篇日记里，你给我推荐了一部名为《重版出来》的电视剧，你肯定是觉得我喜欢才会推荐给我的吧？现在我已经全部下载完毕，正准备看呢。在看完《越狱》第一季之后，这还是我第一次看电视剧呢，真令人激动呀！那就写到这里吧。

驶向
人生的下一站

庆
璇

谢谢你，我这么理直气壮地向你断言，你非但没有觉得是负担，反而很开心。在与人交往时，我一点都“不动脑子”，我不会事先考虑很多事情，比如：这样做是不是有些越界了？有没有侵犯到别人的领域？有没有让别人不高兴？是不是有些不自量力、多管闲事？反过来，如果我在讲话之前会稍微停顿一下，慎重措辞，那就说明我们之间的关系已经让我感到不舒服，或者说在某种程度上，我们的关系已变成了一种公共的人际关系，不再属于私人领域。虽然在亲密的人际关系里，不必太顾虑对方的反应，但是也并不意味着说话时可以口无遮拦。向对方表达关切，就像是与对方共舞，看起来是在自然而然地舞蹈，可是实际上在迈出每一个舞步时，都要注意不踩到对方，也就是说该注意的地方都要倍加小心。

当今时代，每个人都很疼惜自己的身体与心灵。在人际关系中，如果大家都变得敏感多疑，小心翼翼，就很容易受伤。两个人还没走近呢，就已经开始担心如果太亲近，期待太多，将来的失望会越大。如果自己的付出得不到相应的回报，更会感到委屈……所以每个人就都产生了一种强迫症，把与别人保持距离当成自己的处世之道。其实保持距离就意味着不会太深地介入别人的生活，这种抽离有时会让人感到怅然若失，寂寞孤独。

比起打电话，大家更喜欢发文字消息；为了避免直接见面的烦琐与沉默时的尴尬，大家更乐于在线聊天，因为既能畅所欲言，又能随时排解孤单。当孤独突然来袭，让人猝不及防的时候，大家都希望有人能够注意到自己的孤单，寻求关注的欲望逐渐膨胀，却不肯伸出手寻求援助，因为害怕自己将来要为别人做同样的事情，太过麻烦。所以当人们需要别人的温暖时，却发现电话本里竟然没有一个可以随时联络的朋友。

这么看来，如今能拥有一个可以不假思索地随时联络、无话不谈的朋友，是多么难能可贵呀。你可以不必战战兢兢地担心自己说错话，即便你不经意地给他带来了伤害，他也会第一时间跟你抱怨。当你觉得“这个人给的伤害我可以承受”时，说明你们的关系有足够的信赖感，这是非常值得珍惜的。

明明害怕孤独，却假装不怕孤独，这只会让每个人更加孤独。而且我觉得，拥有独自承受孤独的能力一点都不值得骄傲。不管日后两个人的关系是否会渐行渐远，我总是会记得我与他相处时最美好的时光，并以此来铭记、回忆他。因为，能拥有这样的一段时光也是值得感激的。

我与我先生的关系就是如此。在外人看来，夫妻之间应该是最亲近的。对于彼此来说，我们应该都是那个“可以不假思索地随时联络、无话不谈的朋友”。我认为，既然两个人要一起生活，就不要彼此隐忍，必须向对方“准确”地表达自己真实的所感所想。不能因为害怕产生矛盾，就一味忍让、迎合对方，回避矛盾。我不想扮演一个唯丈夫是从的“宽容的妈妈”的角色。我要表达心声，即使在这个过程中要面对激烈的争吵，伴随着痛苦与绝望，也要向他坦诚自己内心真实的想法。

对了，周末我终于做了一件先前一再拖延的事情，一件当妈妈的迟早有一天要为女儿做的事情。我准备了一个小小的化妆包，里面装上了以防万一会用到的卫生巾与换洗的内衣裤，然后把它交给了正在上六年级的女儿。我们并肩坐在一起，我认真仔细地教给她卫生巾的使用方法。大概是因为她最好的朋友已经先来了例假，所以我女儿一点都不像我所担心的那样慌乱，而是非常淡定、成熟地学习，接受了这件事。反而是我，忽然感到怅然若失。孩子马上就要驶向人生的下一站了，我希望她的前途一片光明。

还有一件事让我觉得人生迎来了转折点。你也知道，直到最近我还在与一位编辑合作，我们一起出版了我的七本小说与随笔。这件事听起来仿佛稀松平常，但这是足足七本啊！在流动率极高的出版界，与同一位编辑一起连续合作出版七本书，这绝对是相当罕见的。可这位编辑今年年初却辞掉了编辑的工作。当她说要再上最后一周的班，一一向自己曾经合作的诸位作者写邮件告别的时候，我却故意对她说："不要给我发这种流于形式的东西。"我虽是一副轻松调侃的口吻，但其实内心并不愿意面对离别的现实。现在回想起来，越是与我亲近的人，我越不能在离别的时候接受他将要离开我的生活的事实。我会回避这种分离的感觉，进行自我麻醉，因为我害怕情感崩溃。在经过很长一段时间以后，我才会回味起这个人的离开。对我来说，离别的真切感受会在一个出其不意的时刻突然涌入心中，总是要这样慢一拍才击中我。

这个月底，我的一本新随笔集即将出版，我正在做一些收尾的工作。当我正在与其他出版社的一位新编辑就出版的各种问题讨论得热火朝天时，却突然觉得耳朵里轰的一声，回想起之前的那位编辑。“唉，现在她已不在这里了。”当时我的所有感觉都被调动了起来，我强烈地感受到她已离开我的世界，这绝不是因为这位新编辑比原来那位工作得更出色或更逊色。我会想起她，不是出于某种比较，而是因为一起共事这么多年，她已然在我心里留下印迹，而我现在只不过是再次发现了这些印迹而已。我们共事的时间很长，所以对于一些特定的规则、处理事情的速度等等已有默契，过去那些习惯了的事从这一刻起，全部改变了。

是的，变化是陌生的，是令人不适的。我们也可能会因变化而接受新鲜的刺激，获得新的发现，所以不能一味抱怨。只是直到现在，我才有了告别一个时代的感觉，我也与我的女儿一样，正在驶向人生的下一站。这一个星期，我的心情一直因此而五味杂陈。

通过过去的种种经验，我们已清楚地意识到，当一段人生结束，当一扇门被关上的时候，前面一定会有另一扇门打开。虽然如此，耳边却总是会清楚地传来一些真实而残酷的话语，比如“那段时光再也回不去了”，“这世上没有什么东西是永恒的”，等等。大概是因为我得了换季感冒的缘故吧，我现在好像更加脆弱了。唉，不知何时才能走出阴霾。

对了，为了纪念你剪掉了长发，我在合井洞的咖啡馆为你寄存了两副耳坠，你有时间别忘了去取。

要想成为
一个更好的成年人

秀
珍

在读你的上一篇日记时，不知怎的，我有好几次都哽咽了。

刚开始写交换日记的时候，我曾大大咧咧地对你说我很讨厌生理期，没想到不知不觉之间你的女儿尹书都已经长成大姑娘，也要有生理期了……真令人感慨呀。尹书马上就要升中学了，也会很快成为高中生，等尹书成年，我也就到了“奔五”的年纪了。想想当尹书三十多岁，正当熠熠生辉的年纪时，是否也会大大咧咧地说讨厌来例假，那时我是不是已经怀着恬淡的心情，迎来我的绝经时刻了呢？哇，这么一说，仿佛已真实地触摸到世代交替的接力棒了！

当我读到姐姐你后知后觉因为合作伙伴的离开而备感郁结的那一段，我有点惊讶。坦白说，我并不认为这有什么大不了的，大概因为我从未有过与人共事许久后又分开的经验，所以我对这种情感没有深刻的体会。你很少在我面前表现出多愁善感、忧郁伤心的一面。我一边认真听着广播一边想，对于姐姐来说，那段时光必定比我想象的还要特别吧。于是我又重新认真思索了一下，七本书的出版，都是与同一位编辑合作完成的，你们的合作经历了漫长的时间的考验，同时还有彼此情感的契合，所以我想，她的缺失肯定会让你痛彻心扉吧！

我很羡慕你们之间那种经过时间打磨后培养出来的默契。你们不光是在处理工作事务时配合默契，就连对话也是那么地合拍，能直言不讳地说到对方心里去。

比如她会时不时地提醒你："庆璇小姐，在读书会上不要说那种话。""庆璇小姐，你的体重目前还行，千万不要再长胖了。”一个是直言不讳的编辑，一个是微笑聆听、虚心接纳的作者，从你们两人身上，我似乎获得了一个重要的启发，就是如何变成优秀的成年人。

最近我每次向周围的人询问意见或建议的时候，收获的都是失望。

因为大家都只挑好的说，我什么都好，什么都做得很棒，我的想法都是对的。当然不是说这些话听起来不舒服，但奇怪的是，这些话让我感到孤独，仿佛每个人都只以假面示人，不愿交付真心。大家为什么都只说好话呢？后来我忽然发现，不知不觉中，我身边都是年纪比我小的人了。

就像上次我跟姐姐说的那样，如今人们为了避免伤害别人，都会把与别人保持适当的距离作为基本的处世之道。还有一个原因，大家都比我年轻。他们既不愿意，也没有必要，向一位年长的、所谓的人生前辈直言不讳。如果他们坦白地对我说这个不怎么样，那个不对，结果会如何呢？既然这种坦率不会对自己有任何帮助，那何必说这些别人不爱听的话呢？

我能理解，也深有同感，但我要时刻提醒自己，不能把溢美之词当真，如果我因此而安于现状，我也许就会慢慢变成一个落伍的老太婆了。想到这里，我出了一身冷汗。

当我切实地感受到那些愿意说“逆耳忠言”的人是多么弥足珍贵的时候，我郑重地扪心自问，我是否能成为这种敢于直言的人呢？其实我很胆小怕事，并不擅长对别人直言相告。现在我决定改变，如果我真的很珍视一个人，而这个人正好需要一些诤言，即便会刺痛他，我也要狠下心去说，唯有如此，才对得起我对这个人所怀有的情感。同时，我也要变得敢于接受不那么好听的真话。如果一位珍惜我的朋友对我说一些让我羞愧、伤心、恼怒的话，我一定不会愚蠢地被那一刻愤懑的情绪所蒙蔽，我会理智地欣赏对方的勇气与责任感。

无论说出口的话再怎么让人痛苦，只要对人有益也一定要说；无论听到的话再怎么难以接受，只要对己有益也一定要听。成年人的友谊，就是在这样坦率的说和听中建立起来。

我们这样坚持写交换日记，互赠礼物，我们的友谊经过漫长时光的洗礼越来越牢固。我们也应该彼此更积极地直言不讳，这样才对得起我们的感情与信赖呀。

不好便是不好，不喜欢就是不喜欢，说这些话的时候随心所欲一些……

哎呀对了，姐姐与我的脾气都不算很好，考虑到这一点，即便有一天我们感情破裂了，也一定要先写完三十次交换日记再绝交，如何？

不接受
不当请求的原因

庆璇

秀珍：

在上次的日记里，你说“其实我很胆小怕事，并不擅长对别人直言相告”，这是什么话，直言相告这件事……你明明做得轻车熟路！

你不同意我的意见时，我一眼就能看得出来：你会沉默一会儿。我们在手机上聊天的时候，打字速度都非常快，但如果你打字速度忽然慢了下来，感觉空气忽然凝固了，那就表明你在心里想“姐姐，这个观点有点陈腐”，实际上果然如此。

如果我不同意别人的意见，我一般都会当面指出。但是在把话说出口之前，我一定会自我反省一下：在我的主观意识里，有没有要故意迎合他的想法？我是不是在试图控制他？我现在是不是要来例假了情绪不稳定所以才这样呢？如果都不是，那么我会在下面两种情境下，直言不讳地说“你这么做不对”。

第一，他的某种想法会让他陷入困境，当局者迷，旁观者清；

第二，以同事为例，当我感觉同事的某种想法会给工作带来麻烦的时候。

正如你所说的，人们都不愿直言不讳，所以当我举棋不定时，我会首先尽力争取别人对我说真话：我的想法是对是错？我这样做是不是在自欺欺人？我会向我所信赖的、亲近的朋友们征求关于这些问题的意见，既有年长的朋友，也有年幼的朋友。

这些人都是拼尽全力生活的人，做事认真负责，绝不敷衍。

他们有自己的独到经验和视角，可以带给我启发。同时他们又能意识到自己的不足，不会以傲慢主观的态度对我指手画脚。我会珍视这样的人给我的忠告，他们的诤言是有分量的。相反，也有一些人，总以弱者、受害者自居，他们本身的心态就是不健康的，因此言语中往往带有强烈的个人负面情绪，甚至掺杂着不良意图，这些人的所谓“直言”，我完全不会接受。

也有一些特定的人际关系，无法轻易直言相告，最具代表性的应该是家庭吧！每次到家庭月——五月[1]，我都会切实地感受到这一点。如果不能坦率地说出内心的想法，家人之间很难展开理性的对话。

我觉得，任何一个家庭成员都不可以拥有特殊的“权威”。如果仅仅因为一个人是父亲、母亲、兄长、男人，或者因为他虚长几岁，便使他在家庭里获得了特权，这是非常荒谬的。

① 在韩国五月份有多个节日，五月五日是儿童节，五月八日是父母节，五月十五日是教师节，所以五月被誉为家庭月。——译者注

但韩国信奉儒家文化、家长制、孝道思想，家庭里总要排出一个尊卑次序，制造出一个权力关系网，没有人去质疑它的合理性。在申智秀的漫画《儿媳妇》里，我们能看到最典型的权力关系，便是妻子与丈夫的原生家庭（也就是婆家）之间的关系。对于已婚女性各种貌似正当的要求其实很多都是不合理、不公平的，虽然世代更迭，却并没有好转改变的迹象，所以才会有越来越多像你这样不考虑结婚的人。

举例来说，之前我在有声读物《林庆璇的人生谈话》里面也讲过，在我刚结婚那阵子，我婆婆曾不断要求我给她打电话问安。“你跟我联系得太少了，经常给我打个电话吧，这有什么难的。”但是……就是很难啊，我讨厌打电话，也讨厌唠唠叨叨。对于社会文化赋予的权威，怎么能无条件接受呢？为了让自己开心，便强迫别人去做一些他不喜欢做的事情，从根本上来讲，这种关系是不健康的。总之，大概有近半年的时间她一直在要求我这么做，后来就连我的大姑子都给我打电话说，“经常给我妈打个电话问候一下吧”，但我最终也没有答应她们的要求。如果这种事情可以通过强迫实现，这问题就更严重了。

经常打电话问候一下？只要我肯，这点小事我可以办到，只要把它当成一项任务便可以了。在职场打拼那么久，这点表演还做不来吗？但我之所以不愿意答应这个要求，除了单纯的“我不喜欢”以外，还有其他原因。

既然我与这个男人共同组建了新的家庭，那我就尽量去喜欢他的原生家庭成员，我不想讨厌他们或是在背后说他们的坏话，我是真心这样想的。因为我觉得世间最可惜的便是因婆媳矛盾而痛苦煎熬的时间，以及咒骂婆家所消耗的时间。如果我不想变成这样，就不能勉强自己去迎合他们，这是适用于所有人际关系的一条金科玉律。如果我压抑自己，按照他们的要求去做（他们的要求不管怎么看都不合理），我内心的愤怒便会日益积压，早晚有一天会爆发。当你被强迫着为一个人做一些事情的时候，你不可能真心实意地喜欢他。我们都是有尊严的人，我想以平等的身份去喜欢他们，所以我希望对他们坦诚相待。

今年年初，我和先生决定不再做祭祀了，这是我先提出来的，并做好了夫妻大吵一架的心理准备。我对他坦白说“我讨厌祭祀”，他很认真地倾听了我的诉求，表示尊重我的意愿。他说面子或孝道这些形式的东西并不重要，他不想让自己最珍惜的人痛苦。听到这句话我非常感动。

我希望，当我们有一天变成老太婆的时候，那些一直压抑着韩国女性的种种不合理现象能彻底消失，即便这一天迟点到来也没关系。不过，我们也没有必要因此上升到憎恶男人的地步，你知道，我是很喜欢男人的。

既然聊到了这个，我们下次就聊一聊男人的话题怎么样？

你呢……你不也喜欢男人嘛！

爱情
终究还是面对面的好

秀珍

这已经是我们的第十一篇交换日记了。在所有日记里，我写这一篇的时候心情最为激动，首先是因为姐姐你上一篇日记里的最后一句话："你呢……你不也喜欢男人嘛！"

是的，非常非常喜欢。

其实我不仅喜欢男人，也喜欢女人，只要是我喜欢的类型，我会毫不掩饰。或许有些人认为，必须对对方产生性的欲望才算是真实的喜欢，但我认为，所谓"真实"的范畴，只有当事人能够界定。总之，比起性别，我更关注的是对方是否属于我所喜欢的类型。如果你问我怎么判断对方是不是自己喜欢的类型，我会回答：看眼眸。其他人也会这么表达：看眼睛，或看眼神。

我特别喜欢凝视别人的眼眸，就像有的人喜欢看手指，有的人喜欢看脖颈。无论这双眼睛是双眼皮、单眼皮，是大是小，是深邃还是单纯，都没有关系。眼睛里像珠子一般的瞳仁才是最为重要的。我不仅会关注人的眼眸，还喜欢凝视动物的眼眸。因为眼眸虽小，只要你认真仔细观察，就会发现它深不可测，让人看得津津有味。眼眸也是最能让人感受到身体之美的部位，所以平时我在与人聊天的时候，经常会饶有兴趣地观察别人的眼眸。如果对方的眼眸恰好是我喜欢的类型，我会一直目不转睛地盯着人家看。

那么，我喜欢的是哪一种眼眸呢？

首先，我当然喜欢清澈、美丽的眼眸了。浑浊的、充血的眼睛肯定是让我反感的。有时候我的眼睛也会因为疲惫而充血，我总是感到非常别扭，感觉自己“真的丑到家了”，都不敢正视别人。所以我努力保证每天至少六小时的睡眠时间，睡眠充足与睡眠不充足的时候，眼眸的颜色都是不一样的。

但真正会吸引我的眼眸，并不能只用清澈或没有充血来形容，而是还有一些别的东西。关于这一点，我实在难以描述，我只能说，确实有这样一种东西。

总之，因为眼眸对我来说至关重要，所以在谈恋爱的时候，我们的约会经常是以眼眸为中心的。比起看电影、看展览、看演出这些活动，我更喜欢吃饭、喝茶、饮酒，更喜欢面对面地看着对方聊天。

你或许会说，爱情不是要面对面，而是要望向同一个方向。我明白你的意思，但我所向往的爱情，依然是要面对面的。在谈到成年人的爱情时，绕不过的一个问题就是性爱，而我最喜欢的性爱姿势便是能充分对视的那种。

那么我何以如此执着于眼眸呢？通过一个人的眼眸，我能得到怎样的愉悦呢？我想了一下，似乎可以试着这样回答：

我喜欢看着他的眼眸，看他与我一样认真。

如果认真的只有自己，那确实是很孤寂的。你也知道，任何事情我都喜欢一个人去做，这并不会让我觉得有多寂寞，但只有认真这一件事，若只有我孤身一人，我会觉得十分寂寞。当我凝视着一双美好的眼眸，并看到对方认真的样子，我便会想，原来人生还可以这样美好。当认真的他望着认真的我，而认真的我又回望认真的他，我便会清楚地感受到这一点：这一刻的主角是我，这种美好的事情原来真的会发生。

如果我不想变成这样，
就不能勉强自己去迎合他们，
这是适用于所有人际关系的一条金科玉律。
如果我压抑自己，按照他们的要求去做
（他们的要求不管怎么看都不合理），
我内心的愤怒便会日益积压，
早晚有一天会爆发。
当你被强迫着为一个人做一些事情的时候，
你不可能真心实意地喜欢他。

——庆璇

你或许会说，
爱情不是要面对面，
而是要望向同一个方向。
我明白你的意思，
但我所向往的爱情，
依然是要面对面的。

——秀玲

究竟何为
“美好”的恋爱

庆璇

秀珍：

刚刚读完了你关于眼眸的这篇日记。是的，从外貌来看，眼睛最为重要。眼睛会勾魂摄魄，也能充分表露出人的情感。

你说约会时喜欢以眼睛为中心，喜欢与他面对面，希望他的注意力在你的身上，我也属于这一类型。我不喜欢去什么热门景点约会，也不爱与朋友们聚会，只要两个人在一起就心满意足了。哎呀，对了，你还说喜欢那种能充分看到对方眼睛的性爱姿势对吧？但这样一来，体位就太受局限了吧？当然还有一种办法，就是尽量把脖子扭向一边然后对视……

就我来说，其实我比表面看起来更加腼腆，所以缠绵时凝视对方的眼睛让我感觉太羞耻了。与你相反，我喜欢用手掌遮住对方的眼睛。

当今时代除了“不婚”“不育”以外，还有人提出了“不恋爱”的主张，而且持这种主张的人越来越多，所以很多人可能会问，讨论恋爱问题有什么意义。然而我认为，爱情会为人生赋予巨大的动力。在爱情里，我们会有丰富的情感，我们会因此而觉得“哦，我是一个鲜活的人呢”。我不同意把恋爱分成“好的恋爱”“不好的恋爱”，我执拗地认为，恋爱哪里分什么好坏，有的只是好的时候和坏的时候而已。

我认为，在情感的问题上，过分使用“善恶”或“义务”的尺度来衡量是很勉强的。在一段关系中，唯一的“恶”只有确定无疑的暴力。

每一段恋情的开始都不是理智的，我们不会掐着表说

“好，从现在起我们开始恋爱吧”，而是会不管不顾地一头坠入爱河。我们无法预知这段恋情是好是坏，自己会受益还是会受损，因为爱情是不计得失的。如果一个人始终追求一段对自己有利或有益、绝不会让自己受伤的所谓“好的恋情”，那么也许他身上便不会发生“陷入爱河的事故”。如果一个人把太喜欢另一个人视为危险因素（风险），那么他可以选择安全地孤独终老。

近来，三四十岁的人中有许多不谈恋爱的未婚人士，但我想，比起十几岁、二十几岁青葱岁月时的恋爱，年纪稍长、成熟之后的恋爱，不也是很美好的吗？年轻时，我们很容易会因为恋人没有达到自己预期的标准，或做出了一些令自己不满的举动而满腹怨言，心里想着：“他怎么能这样呢？”但随着年龄的增长，阅历的增加，我们会领悟到自己的不完美，而我们对恋人的态度也会更加宽容和包容，我觉得这是一件好事。年龄大了以后，热情冲动的恋爱或一见钟情发生的概率可能真的会减少，但是，我们会更容易发现别人的善良、美好，而且包容别人缺点的能力也逐渐增强，或者准确一点说必须增强。

我是否对男人太宽容了些呢？所以才会经常听到别人说我喜欢男人，这一点我也说不清楚。我认为男人与女人属于两个不同的族群，所以我既不想求得男人的理解，也不对男人抱有多高的期待。我从不依赖男人，也不认为男人能够对我的人生或幸福负责。正因如此，我才能够不带任何目的性地去单纯喜欢一个人。

话说回来，现在虽仍是五月，但酷暑仿佛已经来临，这种时候我总会为去哪里度暑假而苦恼。我们一家人，在这个问题上总是走入死循环，究竟是怎么回事呢？我们一起来看看。

☆ 首先每年的这个时候我都会在网上以“夏日凉爽的避暑胜地”为关键词检索相关信息，然后网上一般就会出现温哥华、北海道、苏格兰、冰岛、澳大利亚、新西兰、符拉迪沃斯托克、蒙古、阿拉斯加、挪威、芬兰等。虽然这些地方的确很诱人，但由于我先生的公司不允许那么长时间的休假，所以只能跳过。

☆ 然后我会再去找一些比较近的地方。东南亚、日本、中国等等。可是这些地方都太过炎热，而且我先生不喜欢海边的度假村，所以也只能跳过。

☆ 那么再找找韩国国内值得一去的避暑胜地吧？可是比较好的酒店在旺季时的费用都太高昂了，这样还不如到国外去旅行一趟呢。如果找一个价格便宜些的酒店，又会觉得何必去一个不如家里舒适的地方，干吗要去自讨苦吃呢？

☆ 然后就会有人提议："我们何必那么麻烦地跑到那么远的地方去，就在首尔找一家好酒店，来一次'酒店度假'怎么样？"但是，在网上一查，首尔的酒店住宿费用也并不便宜。

☆ 到了这一步，我们又会想："干吗放着冷气充足的家不住，反而要去住那逼仄的酒店呢？这不是白白浪费钱吗？在家里吹吹空调，出去吃点好吃的，不就是避暑了吗？"是呀，"出门就是找罪受”，这话没毛病，我们便一致通过了。

☆ 又过了一段时间。“唉……不管怎么说，这也是每年夏天仅有一次的休假，光待在家里是不是有点可惜？”这种想法会再次浮上心头。

☆ 然后我们再回到第一步，检索有关“夏日凉爽的避暑胜地”的信息。

你或许在疑惑，我们这是在干吗呀，但这个过程每年都在无限循环，无穷无尽！总之，今年又是百年不遇的酷热，愿我们今年都平安喜乐。

我想做一个
更出色的“骗子”

秀珍

每月做一期《韩同胞新闻》的采访，每周与姐姐写一次交换日记，隔周录一次图书播客（因此每个月要读两本书），这样几个固定的日程下来，一个月的时光倏忽而过。我仿佛已经不知今夕是何夕，也不知今天是周几了，就这样忙忙碌碌地日复一日。读了你上一次的日记，我才注意到眼下我们所处的季节。“是呀，马上就要到避暑度假的季节了。”

从第一步到第七步，这个夏日休假规划步骤太像你的风格了，让我忍俊不禁。如果说我总是一时兴起便来一场说走就走的旅行，那么姐姐你则喜欢计划周密、攻略完备的旅行。

从决定要去度假开始，你便开始做分析与攻略，还没抵达目的地，你已经在网上检索出各种信息，并已经对那个地方了如指掌，好像已经去过一样。现在姐姐大概正处于这个循环的某个步骤上，正煞费苦心地检索吧！

或许是因为你有家庭，所以每年你都会在固定时间考虑度假，并坚持这个习惯，但我并没有暑期度假的概念，所以一直都是有空的时候随便去一个地方旅行。二十五岁以后，每年独自去济州岛旅行已变成了我的一个固定项目，但现在济州岛已变成了我的家，所以我经常在重复姐姐的第五个步骤——“就在家里舒舒服服地休息一下不是更好吗”。

夏季书店休班的时候，如果恰逢天气清澈晴朗，我会只带上沙滩浴巾、书、相机与男友一起到附近的海边游玩。乘车十到十五分钟后，我们就会看见一个小小的、人迹罕至的海水浴场。那里的水很浅很清澈，最适合像我这种喜欢水却不会游泳的人了。我会坐在一个巨大的游泳圈上，在海面上慢慢漂浮，男友会帮我推游泳圈，有时候他自己去游泳，或者去别的地方拍照。我会回到沙滩上，喝杯啤酒看会儿书，如果觉得热了，我就再回到海上漂一会儿，到了要回家的时候，拍拍身上的沙子，回程就行了。这是不是一个简便、轻松的避暑方法呢？

不过，对我来说最棒的旅行依然是多花些时间到远方去看看，故意把自己隐没在陌生的城市，睡在陌生的床上，尝试前所未见的食物，漫步在满眼陌生文字的街道。就连韩国满大街都是的星巴克，在异国他乡也别有一番风味。例如在酷暑时节去法国的星巴克和去韩国的星巴克，心情是截然不同的，因为在法国几乎没有能够品尝到冰美式咖啡的地方。去年夏天在法国的一个月，让我体会到“无法轻易喝到冰美式咖啡的失落”，这段经历现在已经变成了一份珍贵的回忆。

那么你今年决定去哪里呢？我原本是计划去一趟法国的，连机票都买好了，但我写的一本书马上就要截稿了，所以前几天我只能忍痛退掉了机票。今年我大概很难到国外去旅行了，只能偶尔到我家前面的那片海边散散步，代替外出度假了。

前不久我读过的书中，就有一本是关于旅行的：作家金英夏的新作《旅行的理由》，阅读的时候我完全理解姐姐为何对这本书推崇备至了。首先旅行的主题就很吸引人，而作家金英夏的文笔也让我再次赞叹。

我觉得小说家写的随笔是非常迷人的。因为小说家擅长创作虚构的故事，所以在阅读他们的随笔时，就好像来到了一座由他们建造的巨大坚固、气势恢宏的城池，读者在这里四处旅行，并偷偷地观察这些作家真实的生活、真正的思想。如此说来，随笔才是一场盛大的虚构。

我的写作就是如此。我会巧妙地隐瞒某些真相，也会不动声色地夸大一些事实，所以在我的文章里，我会变得比真实的自己更加美好。即便在说一些刻薄、尖锐的话时，我也希望人们在阅读这些文字时能感受到我的魅力。所以每次当我阅读自己的随笔时，都会觉得面目可憎。我感觉自己在假装笨拙、故作柔弱，其实该得的利益一点都没有漏掉，简直是一个无耻之徒。但我依然喜欢读其他作家经过润色的随笔，感受他们装饰过的美好。只要不让我吃亏，我不反感上当受骗这件事。我心甘情愿被电影欺骗，被小说欺骗，被人们在社交媒体中上传的日常记录与生活照所欺骗，被朋友们在聊天里不露痕迹的自我炫耀所欺骗，被男友的无病呻吟所欺骗。我最不能理解的一种节目便是魔术解密，如果我们不是心甘情愿地被魔术表演所欺骗，那为什么还要去观赏魔术呢？

本色出演很困难，欺骗同样不容易，从这一点来说，出色的小说家与优秀的散文家、诗人，毫不逊色于一位杰出的魔术师。

而我呢？为了更加面目可憎地欺骗大家，我正在努力钻研市面上的写作教材呢！怎样才能变成一个在文字世界里挥洒自如的杰出魔术师呢？

写好随笔需要做的事情

庆璇

秀珍，你好呀！

与你恰恰相反，我对于魔术背后的把戏特别的好奇。另外看电影之前，我也喜欢特意提前读一些剧透，然后再去欣赏……总之，我就是这样一个怪异的人。当好奇心遇到急躁的性格，就会是我这个样子吗？

就像你所说的，小说家的随笔确实极富魅力，当然并非所有小说家都能写出吸引人的随笔。我最开始写作时主要写随笔，过了一段时间才开始写小说。我曾请教过那些小说、随笔都写得很棒的作家："如果我以后想继续写作生涯，必须要挑战一下小说的创作吗？""作为一个从事写作的人，无论如何都要尝试一下小说吗？"他们是这么回答我的："你先尝试着写一写小说，然后自己找出答案吧。"

受到他们的鼓舞，我便开始创作小说了，大概写完四部小说以后，就开始有人向我咨询我当初的那个问题了。我一般都是这么回答："是的，我觉得还是尝试一下小说比较好。即便你决心以后只写随笔，小说的创作经历也会给写随笔带来帮助。"原因有下面这么几点：

首先，写小说就是在创造一个完整的世界，经过这种写作训练再去写随笔，文章就会变得很"立体"。当一个人有了创作小说的训练，熟悉了描写、对白等技巧，那么文章就会从平面的二次元变成立体的三次元。所以在阅读一个小说家的随笔时，你不会觉得文字是空洞的，也不会觉得你是一个置身事外聆听作者故事的局外人，你会被情节吸引，好像身临其境地置身于作者所描述的场景当中。

第二，小说不一定比随笔更有价值，但小说确实比随笔更难驾驭。在创作小说的时候，你要不断下潜到更深的内心世界，你要更投入地思考，故而有时会有一种呕心沥血之感。因此，写过小说之后再写随笔，就会感觉轻松许多。在写随笔的时候，会产生一种给自己补充能量的感觉，创作也变成了纯粹的享受。

最后一点，我认为其他艺术创作形式都会对随笔创作有帮助。如果一个人有小说创作的经验，那么他在写随笔的时候，会很自然地融入一些叙事要素。换言之，如果一个人能熟练掌握各种文字风格的技巧，他就可以避免一些僵化、枯燥的模式。比如，一个人有创作诗歌的经历，那么他写随笔时就懂得选择诗意、优美、富有韵律的语言。而像你这样曾经创作过歌词的人，会在无意识间自动为文字赋予旋律，形成独有的文体风格。

下面再来谈一谈我所认为的精彩随笔都有哪些特点。例如，许多人都盛赞村上春树的随笔生动有趣，并为之痴迷，那么他的随笔都有哪些特点呢?

首先，从整体来看，村上春树的随笔主题都是比较轻松的：牛油果、火车票、理发店……这些主题乍看之下让人莫名其妙，或索然无味，但他会特别关注这些在日常生活中毫不起眼的东西，并用他极富有魅力的语言对它们进行恰当的描写，再以他机敏的比喻、淡雅的文风娓娓道来。这些看似平淡无奇的东西于是就在某一个时刻鲜活生动起来，被赋予了生命。他所运用的每一个词语都是生机勃勃的，读来酣畅淋漓，津津有味。

此外，村上春树几乎在他的每一篇随笔里，都会融入一些或宏大或细微的人生感悟。你以后可以仔细读一下。他不会刻意地制造感动，或是故意煽情，他随笔里的故事所拥有的内涵、意义，都如蜻蜓点水一般一带而过，仿佛并不重要，但却给你留下深刻的印象。这是怎么做到的呢？这些句子或表达与之前娓娓道来的文字在温度、速度上稍有不同，由此在我们的心里留下温柔的余韵。

总之我想表达的意思是，随笔这种体裁允许作者随意、自由地抒写自己的心路历程，但如果作者因此真的就不假思索地随性而写，那么欣赏随笔的恐怕只有创作者本人而已。如果想让读者在阅读以后仍会不断回味，这篇随笔必须让人产生一种共鸣，仿佛就是读者自己的故事，或是总结出深刻的人生感悟，可以给人带来某种醍醐灌顶的警示，就像一个礼物隐藏在文字之间。这种感悟的内容与传达方式越富有创意性，越含蓄、凝练，这篇随笔便越富有魅力。村上春树是这方面的行家里手，他已经在创作中不露声色地找到了自己的平衡感。

聊起创作这件事，我忽然意识到，当今时代对于那些实名写作的人并不友好，因为他们身在明处，总会遭到匿名网友的恶意攻击，任何人都不可能淡然面对。偶尔有从事写作的后辈因为网上的恶评而伤心，向我大倒苦水的时候，我一般都会这么回答："别人怎么评价、看待你（或你的作品）并不是你的问题，而是他的问题。"然后我会抛出一个问题给他们："如果你可以选择，要么做一个写作的人，要么做一个去评判（批判）别人作品的人，你会怎么选？"他们通常会静静地思索一阵子，然后这样回答："即便要挨骂、被误解冤枉，我依然想做一个写作的人。"

秀珍，我也是这样。无论将来遇到什么困难，我都希望自己能凭借着"表达"生活下去，不管这种表达是以什么形式呈现的。但与此同时，我也必须一直心存敬畏，时刻反省自己在创作时有没有只顾自伤自怜而枉顾芸芸众生。

今天天气依然酷热难当，这时我就羡慕起你那剪得清爽、利索的短发了。你的发型越来越像香港演员成龙年轻时的样子了，非常稳重，又好看。

今天就写到这里了。

我觉得小说家写的随笔是非常迷人的，
因为小说家擅长创作虚构的故事，
所以在阅读他们的随笔时，
就好像来到了一座由他们建造的巨大坚固、气势恢宏的城池，
读者在这里四处旅行，
并偷偷地观察这些作家真实的生活、真正的思想。
如此说来，随笔才是一场盛大的虚构。

——秀玲

“如果你可以选择，要么做一个写作的人，
要么做一个去评判（批判）别人作品的人，你会怎么选？”
他们通常会静静地思索一阵子，
然后这样回答：
“即便要挨骂、被误解冤枉，我依然想做一个写作的人。”
秀玲，我也是这样。
无论将来遇到什么困难，
我都希望自己能凭借着“表达”生活下去，
不管这种表达是以什么形式呈现的。

——庆璇

人生的最后时刻

秀珍

是的，前不久我把头发剪短了，姐姐你说我剪短之后的发型很像成龙年轻时的样子，这一点我也同意，我自己也越看越像呢！

如果我没记错的话，我在上小学、高中时都尝试过留这样的短发。在我留短发的这两次经历里，都曾因被别人误认作男生而懊恼。当时我们小区里住着一个从事房屋中介工作的老爷爷，他喜欢捉弄男孩子，故意摸他们的小鸡鸡，因此恶名远播。在我留短发的那段时间，那位老爷爷在路上一看到我，就会偷偷摸摸地靠近我，我总是一边大叫“我是女生，我没有小鸡鸡！”一边害怕地跑掉。我跟妈妈一起去澡堂的时候，那些阿姨总会一直盯着我，直到我脱下内裤，她们才互相交换一下眼神说：“你看，是女孩子吧！”上高中时坐公交车，经常会有老奶奶跟我搭话，问我：“你是男孩还是女孩？”

有了这些经历，我后来再也不敢留短发了。现在是我人生中第三次挑战短发，隔了那么久，这次依然被误认作男人。脸书上一位漂亮的金发白人女子看到我简介上的照片以后，给我发来了私信，原来她以为我是个男人。我了解到她正迫不及待地想寻觅一段真挚的恋情，感觉对她如实相告确实有点残忍，但没办法，我只能用英语告诉她：“对不起，我是女人。”她很快干脆利落地回复：“OK，Thanks.”然后就消失了。

虽然到现在依然会被误认作男人，庆幸的是，大家都夸我的短发光洁顺滑，很适合我。既然大家都觉得还不错，我自己也很满意，就继续留这个发型吧。时隔二十年我重新尝试了短发，也对所谓的“勇敢”有了不同的思考。

像我这样，大胆改变形象的举动是勇敢吗？还是说必须搞出一些大动作，颠覆性地换掉所有东西，只有这样才算是勇敢呢？不久前，我刚刚目睹了一种截然相反的勇敢，没有一丝变化、平静且波澜不惊的勇敢。

同我一起主持播客的作家张康明对我说，他曾计算过，未来想要创作几篇小说，将来应该能活到多少岁，按照目前他每天创作的字数，人生剩下的这些年还可以创作几篇小说。他每天都会把自己写作的时间用表格记录下来，为了让计算更加精确，他还会把时间进行细分。对于一些毫无价值的邀约，他会不留情面、斩钉截铁地拒绝，而对于必须做的事情，他会全力以赴按时完成。今年的他和去年相比没有任何变化，依然是那位生活规律的作家张康明，每天都付出固定的时间与劳动，严格遵守自己的工作律条。

前不久，翻译家朴珊瑚老师也说了一番类似的话。他说，对待工作他不再以日、月，或是以翻译完一本书为节点，而是放眼整个人生。一想到就算运气再好也顶多还有二十年的翻译时光，他的工作态度自然就会发生转变。

所以，并不是只有破旧立新才算是勇敢，能把现有的工作持之以恒地做下去，拒绝干扰和诱惑，这也需要极大的决断力。换言之，这也是一种直视自身局限的勇敢。

坦白说，我并没有什么自信。正如你所看到的，我的本职工作是音乐人，也是书店老板，有时候也会像这样随意写点文字，除此以外，我在很多方面也都有所涉猎。就因为这样“不务正业”，我已经好几年没有出过新专辑了。我这样的性格，哪里能鼓起勇气沿着一条路一直走到底呢？

不过我还是有些打算的，我正在筹划最后的那个时刻，期待着我的人生总结能有模有样。大概所有艺术家都梦想着在艺术创作中迎来死亡吧。如果有一天我运气足够好，能预感到死亡即将来临，那么从那一刻起，我就会寸步不离地带着我的吉他，吃饭抱着它，睡觉也抱着它，上厕所也要带着。

唯有如此，当死亡意外来临，报纸上才会有这样的一条讣告吧：

音乐人秀珍，虽然业务庞杂，不守音乐人的本分，不出专辑，令人讨厌，但在死亡的那一刻，却没有松开手中的吉他，她是一位天生的音乐人。

四十多岁

庆
璇

秀珍：

正如你所说的，如果能在人生最后的时刻做着自己喜欢的事情，真的太令人羡慕了。2014 年，作家村上春树的挚友、插画师安西水丸在刚满七十一岁的时候，在他的工作室里与世长辞。这间工作室里装满他喜欢的、四处收集来的水晶球，去世的时候，他正一如既往地伏在桌子上画画，突然间失去了意识。我很喜欢安西水丸先生，听到他逝世的消息，原本我是该悲伤的，但我首先产生的情绪却是一种纯粹的惊讶与羡慕："哇……他一辈子活得那么精彩，甚至直到最后时刻都那么潇洒。"对于我来说，工作与爱情是人生中最最重要的两件事；而对于安西水丸来说，在工作方面，他一辈子都活跃在一线。在爱情方面，根据村上春树的证词，他还是一个勇往直前的恋爱高手。

我特别喜欢你讲的作家张康明与翻译家朴珊瑚的故事，你说他们为了把自己热爱的工作尽全力做好，放弃了日常生活中一些不重要的事。我真的特别喜欢这种远离世间纷扰，沉静、清醒地鞭策自我前进的人。于是我也反省了一下自己,与他们比起来,我从未具体地,或者从整体上计算过“我所剩下的时间”，也从未想象过自己究竟能活到多少岁，只是模模糊糊地觉得，我不想活到比我父母去世时还要大的年纪，仅此而已。你也知道，我每年都会去医院体检，所以我所有事情都是以一年为单位安排的，我只计划这一年的事情，至于以后怎么样，我既不会去考虑，也不会去想象。关于长期计划、总体规划，或是毕生的事业，这些我也从未考虑过，我只关注现在和往后一年的时间。我会删繁就简地挑选出最需要的东西，把这些东西一一拧紧螺丝，涂上油漆，把它们变成我想要的样子。当然，每次年龄最前面的数字发生变化时，我也会感到莫名的紧张。

秀珍，四十岁就要来临了，你怕不怕呢？与二十岁到三十岁的过渡相比，三十岁到四十岁的过渡更让我感到心烦意乱。作为一个女人，仿佛年龄最前面的数字变成四的时候，人生就落幕了。我们的外貌会一下子变老，会怀疑自己是否尚有足够高的心气去迎接新的挑战。我原以为四十岁是人生的一个重要的分水岭，以为四十岁以后的人生只剩下下坡路，所以我曾经对四十岁充满畏惧。但是结果呢？好像也没有那么糟糕。我现在说这番话并不是要给那些比我年纪小的人希望与慰藉，因为我最讨厌空洞无力的安慰了。

在我们的人生旅途上，精力、体力、能力这三样东西应该在四十多岁的时候达到一种微妙的平衡。我甚至要大胆地说，四十多岁正是人生的巅峰。但一个人要在四十多岁达到人生的巅峰，必须已经归整好这几件事情：

首先，人到四十岁时要对自己的可能性与局限性有了一个客观的评价。戏剧性的变化、奇迹，其实几乎是不可能发生的。通俗点说，自己有几斤几两，自己应该很清楚。所以，嫉妒别人，或者与和自己条件天差地别的人比较，这些都不是一个四十多岁的人应该做的事情。在这个年龄段，如果你怎么努力都治愈不了心里的陈年旧伤，那么就淡然地接受它吧！你要把这个创伤当成自己的一部分，痛痛快快地、大彻大悟地放弃治疗。该放手的放手，该忘却的忘却，该舍弃的舍弃。在给心灵做完大扫除以后，便可以考虑“以后的人生该何去何从”的问题了。我觉得这时候我们的心里应该已经很清楚了：我想要怎样的生活？什么可以让我真心地感到幸福？我该与什么样的人亲近？等等。对人生前程、生活方向的迷茫，最迟也该在三十多岁的时候就果断解决，而不应再拖到四十岁。

但是，筛选出喜欢的东西，让生活更加简约，并不意味着只固守自己的想法与爱好，这会让你面临视野变窄的风险。例如，如果你很快便对一个人做出评判，认为“我与这种类型的人合不来”，然后就把他排除掉；或者坚信某种穿搭风格、发型很适合自己，一味坚持，多年不变（在这个问题上我觉得有些心虚呢），这都会让你的人生失去一些可能性。我们不能忽视的一点是，人到四十岁以后，必须要拥有自己的核心价值观，以它为坚实的基础，再谋求新的可能与变化。从小事上来说，就是去一些以往从未去过的地方，或尝试一下之前从未穿过的颜色……当然，人难以突然接受变化，所以没有必要太勉强自己，但我觉得四十岁的时候依然可以不断试错，最终找到适合自己的改变。

最后一点，一座公寓的建筑年龄到四十年左右的时候，会进行一次检修，如果有必要，这座公寓会被推倒重建。我觉得人也是一样，到了这个年龄，也需要再次加固一下地基。不久前，你不是也突然制订了一个用英语写六十天日记的计划，最终一日不落地完成了嘛，我觉得这样的你特别棒！

可能有人会说："现在才开始写英文日记有什么用？"我觉得，无论是身体机能还是学习能力，为了防止退化，都必须刷新巩固，为接下来的几十年铺设地基，这些事都应该从四十岁就开始着手去做。我希望我们能不断锤炼自我，无论何时都不自暴自弃，不让自己随波逐流，并一直珍视、保持这份心态。

有一点可以确定的是，"四十不惑"（四十岁听起来年龄已经很大了）并不是自动实现的。因为我身边没有一个人是四十不惑的。他们并没有从炽热的青春里退场，也没有变得超然物外，或是仿佛所有的烦恼都烟消云散。人不管到了多大年纪，有烦恼总是好事情。因为烦恼就意味着要去思考，烦恼让我们找到自我，让我们变得更加出色。不要到了四十岁就摆出一副老气横秋的样子，我们应该更加积极踊跃地让身心都活动起来。因为能量是守恒的，你消耗了多少能量，这些能量还会原封不动地回到你的身上。

所以，并不是只有破旧立新才算是勇敢，
能把现有的工作持之以恒地做下去，
拒绝干扰和诱惑，这也需要极大的决断力。
换言之，这也是一种直视自身局限的勇敢。

——秀玲

如果你怎么努力都治愈不了心里的陈年旧伤，
那么就淡然地接受它吧！
你要把这个创伤当成自己的一部分，
痛痛快快地、大彻大悟地放弃治疗。
该放手的放手，该忘却的忘却，该舍弃的舍弃。

——庆璇

更加发愤图强，更加徘徊彷徨

秀珍

姐姐的日记里，有几处让我不禁莞尔的地方。

“我每年都会去医院体检，所以我从未制订过长期的人生规划，我只考虑眼前，再长顶多也就是往后一年的事情。”

“你们俩看起来不太搭调，没想到关系这么亲密，真让人吃惊。”我曾多次听到身边的朋友说这种话，而我自己呢，虽然也自认为与姐姐有许多不同之处，但同时觉得在某些具有决定性意义的问题上，我与姐姐绝对是一拍即合。原来这个问题就是它呀，在读姐姐的日记时，我深刻地感受到了这一点。

我知道你的甲状腺癌会不时复发，因此每年都要去医院检查，所以你总是觉得无法想象一年以后的生活。其实我也是一样，自从十年前妹妹因车祸去世以后，我就知道一个人会多么轻易地、毫无征兆地从这个世界消失，这份不安深刻地烙印在我的心里，让我无法制订长期的人生规划。我每天都会思考死亡的问题，祈祷有一天能以一种尽量不痛苦煎熬的方式死去。我总在设想，也许明天我就会像我妹妹一样不辞而别。这样的生活过久了，我便不由自主地变成一个活在当下的人。我想在这个问题上，我们有着深刻的共鸣。

当然，我们的共鸣只存在于内心深处，在一些细枝末节的问题上，我们也有许多分歧。比如，我把右臂当作我的妹妹秀贤，上面文满了文身。有一次还因为香菜不好吃、讨厌香菜，便在耳朵下面文了一棵很大的香菜。我说人死后皮肤也就腐烂了，你当时不是表示无法理解吗？而对于姐姐，我也有许多迷惑不解之处。比如你为什么要反复购买同样的条纹T恤，同样的白色运动鞋，甚至买了一件衣服之后送给我，说你已经有一件一模一样的了。对于你为什么喜欢买同样的衣服这个问题，我真是百思不得其解。前几天也是如此，你不是刚出了新书吗？那你应该宣传一下呀，但你却在 INS 上给运动鞋网站做宣传，说什么运动鞋网站正在做大力度促销，大家快去买吧！

在制定每天的日程表时，我们的时间长度是一样的，但从宏观上制订我们人生旅途的日程表时，却拥有各自不同的时间长度。就像上次我提到的作家张康明、翻译家朴珊瑚，他们把人生可能剩余的所有时间规划成一张日程表。而也有人就像我俩一样，日程表上只规划了一年左右的时间。重要的是我们应该明确了解，我们以何种方式去利用这些时间。或者说，我们想如何利用这些时间来安排自己的生活。按照你上一篇日记里的观点，人到四十岁的时候，这些问题的答案都应该比较明确了。距离我的四十岁还有半年的时间，我是不是还可以再彷徨迷惘一阵子呢？

对了，前不久我尝试购买了一个理财产品。你知道，对于理财我一向都是门外汉。我在银行只有一张存折，我可以用它随意存钱、取钱，但每次我去银行的时候都会有人不停劝我，把这些钱分散开去做一下投资。最终，我拿出了差不多两个月的生活费，购买了一份一年期的理财产品，虽然这很不像我的风格。几天前，这项投资已经损失了一半。

以前每次听那些收入理应比我多的人说没钱的时候，我总是觉得很惊讶，如今我终于明白他们的意思了。现在我的存折里只剩下一个月的生活费了，所以我确确实实地感觉到自己在消费的时候变得小气了，仿佛自己是一个一贫如洗的人，仿佛自己应该更加发奋忘我地工作。我觉得，人们是不是因此才更加执着于赚钱呢？谁知道呢，一年之后四十岁的慎秀珍也许会品尝到“利息的甜头”，于是便改变从前的日程表，开始安排起十年、二十年之后的生活呢！

人不管到了多大年纪，有烦恼总是好事情，
因为烦恼就意味着要去思考，
烦恼让我们找到自我，
让我们变得更加出色。

——庆璇

在制定每天的日程表时，
我们的时间长度是一样的，
但从宏观上制订我们人生旅途的日程表时，
却拥有各自不同的时间长度。

——秀珍

准备搬家与
干练的业务邮件

庆
璇

秀珍：

你说我们的共同点在于，不去展望一年以后的生活，不知怎的，听了你的话我觉得自己不再孤单了，这真是太好了。矛盾的是，人们只有在意识到死亡的时候，才会努力把当下活得更加精彩，慷慨地付出情感，敏锐地捕捉各种感觉。我认为，这种也许活不过明天的紧迫感能让大家更有勇气坦率面对自我。

四十岁以前的彷徨，人生第一次购买一种有风险的（换言之很有可能会亏本）理财产品，这些都很好。但是“利息的甜头”我不太认同，因为现在银行利息实在是……太低了。当然，这比把钱放在活期存折里还是好得多。

我之所以表现出一副很在行的样子，大概是因为最近我对房地产市场稍微有了一些了解。不过这并非出自我的本意，只是因为今年年底，我们无论如何都要搬家了。从我家的情况来说，这牵扯到尹书上中学的问题，需要考虑的因素很多，可真让人头疼。首先我们需要挑选合适的社区，所以我每周都会抽出两天的时间去看房，也就是房地产界所谓的“实地考察”。当然，在实地考察之前，我会事先借助几个房地产App了解一下我所关注的几个社区。比如，价格、升值空间、公寓的内部结构、周边的学校与便利设施、业主的评价等等，看得我结膜炎都要犯了。你知道我有强迫症，就连买个抱枕套都要从网上检索两千多条信息来对比选择……真的，一旦开始检索这些信息，我就会觉得其他所有事情都被迫搁浅了。

幸亏我身边有两位房地产高手，他们就像辅导班的老师一样，对我进行一对一突击训练，所以我能够在如此短的时间内了解到房地产市场的动向，甚至还得到了老师的夸奖，说我学习能力超强。至少现在我已经明白了房地产的价格为何这么固定，也懂得了要想通过房地产做投资，频繁的搬家将不可避免。我还知道，在如今利息这样低的时候，我们可以通过银行贷款，注册一家租赁公司，每月收取租金，这比购买银行的理财品要划算得多（因为每月的租金比贷款利息高出很多）。我还知道了房地产界对不同公寓的简称。秀珍，你知道“艾利帕克”是什么吗？它是位于盘浦的“Acro River Park”公寓的简称；“艾利薇”则是“Acro River View”公寓的简称；“盘莱爱”是“Banpo Raemian Ipark”的简称；“盘普索”是“Banpo Prugio Summit”的简称。总之，现在江南基本上见不到以韩文命名的公寓了。

可是，“了解”与实际付诸“行动”又是两码事。因为我们还有一种选择，那就是明明知道会有经济收益，却不去行动。每个人的欲望都很复杂，并不一定都是理性的。大脑很清楚投资房地产是一个十分不错的选择，但我的内心似乎更倾向于另一种选择，那就是一如既往用功写书，偶尔去参加一些活动，尽可能地攒钱，哪怕这些都是小钱。同时，降低消费额度。如果忽然挣了一大笔钱，就把它存到银行里。天下没有免费的午餐，永远不要奢望不劳而获。要想得到一些利益，就需要牺牲或放弃相应的一些代价。总之，因为要做这些以前从未做过的事情，所以我最近感到筋疲力尽。不管我怎么努力地检索，倾听那些“准房地产专家”的建议，我仍然从心理上感到备受折磨。通过投资房地产赚钱这件事，看来我是没有希望了，我宁愿多去参加一些活动赚钱。

说起参加活动，我忽然想起我们都曾给彼此看过自己的业务往来邮件，然后互相征求意见：“你读一下这个，是不是很刺激？要不要接受这份工作呢？”十多年以来，我收到过来自很多地方的业务邮件，直觉算是比较准确的了。那就趁此机会总结一下我的主观想法如何?

首先来总结一下看起来业务能力比较强的邮件都有哪些特点。

1. 开门见山，简明扼要，明确告知我需要做的事情。邮件里会省掉一些不必要的寒暄，但对于我想要了解的各种信息（活动的目的、时间、地点、报酬，一起参加活动的人员都有谁、参加活动的嘉宾都是什么人、通过什么途径邀请来的嘉宾、主办方定的活动主旨或基调）都会毫无遗漏地列出。

2. 如果再列出邀请我参加此次活动的原因，就更完美了，因为这意味着他们已经在事前对我有了充分的了解，这会让我很放心，让我明白自己是可以胜任这份工作的。

3. 在写地址时如果把邮编也一起写出来，一定会让我的信赖倍增。

4. 邮件分段合理。分段合理意味着他很明白自己要表达的意思，这也是为了让别人方便地阅读邮件，是一种很贴心的举动。如果一个段落的第一个词和最后一个词用得特别准确、贴切，那就会给人一种感觉：这个人不光擅长业务，还很有情商。

接下来再来说一说那些让人感觉不太舒服的业务邮件都有哪些特点。

1. 每句话结尾或是句子中间使用了太多表示微笑的表情符号。

2. 每句话结尾或是句子中间使用了太多波浪符号。

3. 每句话结尾或是句子中间使用了太多省略号。

虽然我把“微笑”“波浪”“省略号”这三种符号分开来讲，但其实一般会用其中一种的，也都会使用另外两种符号。总之，越是干活不利索的人，越是会拖泥带水地加上很多东西。

4.（以我们这种需要面向公众的职业为例）一上来便自称粉丝，但明显只是奉承而已。如果他真的是我的粉丝，肯定会知道我最讨厌这样的台词。尤其是那种自称粉丝，然后又提到我最近某些活动内容的，一看就是匆匆忙忙从网上查来放上去的。

5. 发邮件的时候说“更具体的问题电联”，或者说“希望与您面谈，详细地向您说明”，对于这样的邮件一定要注意。如果在邮件里能够清楚明了地说出业务范畴，就没有必要打电话或见面。尤其要注意，面谈的结果很有可能只是白白浪费时间，甚至被剽窃创意。

6. 在做自我介绍时，喜欢在名字前冠以行政级别、职务职称等头衔的人。“你好，我是某某公司的科长慎秀珍。”我觉得把头衔放在最下面的联络方式里比较好，当然这是我个人的看法。

7. 向我委托工作，却绝口不提报酬的邮件，这就让我不得不主动开口询问报酬。一般来说，这种邮件意味着他们预算有限，或极有可能干脆不想付钱。

8. 最后一点，偶尔会有人在电子邮件的下端固定地写上一些东西，比如公司名、姓名、联络方式等等。这个没什么关系，但如果在那里写上警句或名言，那就有些……不合时宜了。这些人，他们的实际行动往往与那些警句名言南辕北辙。

有时候我也会想，不管这些业务邮件多么奇怪，从自由职业者的角度来看，有人委托自己工作总是值得感激的。其实我也没有什么了不起的，也不一定能把这件事情做得天衣无缝……我个人简介上的照片与真人的确很不一样……是不是他们太高估我了，所以才会把这件事委托给我呢……所以，像我们这种需要在公众面前抛头露脸的人，“自我定位的能力”与“别人所期待的能力”之间仿佛是有些距离的。总之，我认为与其花时间去指责别人，不如努力做好自己。但其实我这么说，可能只不过是想让这篇日记有一个理想的结尾，这好像有些自相矛盾呢！

嗯，有些问题还是避开不谈的好。

我知道你的甲状腺癌会不时复发，
因此每年都要去医院检查，
所以你总是觉得无法想象一年以后的生活。
其实我也是一样，
自从十年前妹妹因车祸去世以后，
我就知道一个人会多么轻易地、毫无征兆地从这个世界消失，
这份不安深刻地烙印在我的心里，
让我无法制订长期的人生规划。

——秀玲

你说我们的共同点在于，
不去展望一年以后的生活，
不知怎的，听了你的话我觉得自己不再孤单了，这真是太好了。
矛盾的是，人们只有在意识到死亡的时候，
才会努力把当下活得更加精彩，
慷慨地付出情感，敏锐地捕捉各种感觉。
我认为，这种也许活不过明天的紧迫感
能让大家更有勇气坦率面对自我。

——庆璇

总有一些事
是我们无能为力的

秀珍

在最初经营书店的时候，有许多问题是我始料未及的，其中一个问题就是，我从未想到我的生活会被爆炸式的电子邮件裹挟。这些邮件各式各样，有人发邮件说想把书拿到书店来卖，有人发邮件指责我为何迟迟不给结款，有人发邮件询问书店里都有什么书。总之，我每天都会收到大量邮件，也忙着给许许多多的人回复邮件。在这个过程中，有句俗语总是在我的脑海里盘旋：一句话还清千两债。以前我每次听到这句俗语就会想，到底说了什么话能还清千两银子的债务呢？后来我经常与人有邮件往来，才领悟到，关键并不在于说了什么，而在于怎么说。不同的说话方式可以让一个人还清千两银子的债务，也可以让人欠下千两银子的债务。体会到这一点以后，我在给别人发邮件的时候，就比从前更加谨小慎微了。

每一封出色或平庸的电子邮件都有自己的特点，姐姐已总结得一目了然。当我看到你总结的每一条特点时，我的心情就像节日里点燃的烟花一般，一次次清脆地怒放，真是酣畅淋漓。那么我就接着姐姐的话题，聊一聊我所修炼的电子邮件独门秘籍吧。

在发邮件时我会注意两点原则：

首先，不让别人感到不舒服；

其次，试着用句子来表达表情符号的含义。

我经常会收到一些答复邮件，从这些邮件内容来看，对方并没有很用心地阅读我原来发给他们的邮件。除此以外我也会收到一些表示抗议的邮件，每当此时，我就会突然火冒三丈。如果怀着这样的心情去回复邮件，那么对方也会很不愉快。就算我努力压抑怒火，可字里行间极有可能依然隐含着挖苦的语气，而这一点对方肯定会觉察得到。

所以当我收到一封让我愤怒的邮件时，我会特意延迟回复的时间，我想多去了解一下对方的心情，更加客观地看待当时的情况。总之，重要的是成功地实现我与他共同追求的目标。所以我会努力让自己把注意力放到这个问题上来，同时把重心放到如何在双方愉快的前提下，去实现这个目标。

当然，有时候不管我怎么沉着冷静地思考，都明显是对方的过错，这种时候有两种解决办法：第一种是明确地告诉对方，我思来想去，这次应该是你错了；第二种是这类邮件没有回复的价值，所以直接不回复。

关于第二点，坚持不懈地做少用表情符号的练习。一般来说，我们用表情符号是为了表达感激、喜悦、为难、抱歉的心情等等。多做一些用文字表达来替代表情符号的练习，从收件人的立场来看，就会觉得“这个人写邮件的时候真的是用心了呢”！

例如，有人会在邮件里写：“作家先生～～真的好久不见了^_^您最近过得好吗？^_^”为了表达自己的开心，这里用了波浪线与微笑符号。如果换作是我，我会把微笑符号与波浪线去掉，然后这样写：“作家先生，自从上次我在某个活动现场见到您以后，至今半年时光过去了。我一直在想什么时候能够再见您一面，现在能给您写这封邮件真是荣幸之至，简直像做梦一样。这段时间您过得好吗？”

当我收到一些鲁莽无礼、愚蠢至极的邮件，心中的怒火怎么也无法平息的时候，偶尔我会尝试另外一种办法，在这里可以介绍一下。那就是坦率地把自己所有的愤懑与怒火都写进邮件里去，然后把这封邮件发给一位睿智的朋友，而不是当事人。以前我就曾给你发过一封这样的邮件，对吧？

当时姐姐是这么对我说的：“秀珍，这封邮件不可以发给那个人，绝对不要发，这么做对你一点好处都没有。”

多亏了你给的建议，我才顺利、完美地促成了一桩业务，最后也顺利地赚到了钱。

而这位睿智的朋友近来竟然忙于到“Acroriver Park”“Banpo Prugio Summit”做实地考察，而我竟然在这样的专家面前提什么“利息的甜头”，是我在孔夫子面前卖文章了，还望海涵。

我偶尔也曾听说过一些投资房地产的故事。比如，用贷款购买一座价值几亿的房子，等这房子的价格翻上几倍以后，便把它转手卖掉，再去购买其他房子，搬家……

探索了其他赚钱方式后，却让你有了这样的感想：“咳，我还是多参加几个活动赚钱吧。”对这句话，我表示百分之百的赞同。

世上绝对没有免费的午餐，无论炒股还是做房地产投资，没有什么事情是不需要付出时间与精力的。我身边就有一位靠炒股赚钱的朋友，我从旁观察他赚钱的方式，绝对谈不上舒服。就像我在写作时会皱着眉头盯着电脑屏幕，他也是在不断学习股票投资的知识，忙着分析行情，忙着看买卖股票的时机，所以也会像我一样，甚至需要比我耗费更长时间皱着眉头盯着电脑屏幕。

我终于明白了，要开垦我的这片人生土壤，最重要的是知道如何利用自己的时间。多写一页稿子、一首歌曲才是适合我的因地制宜的耕种。即便我的“馅饼”比别人的小，那也是无可奈何的。我渐渐地在很多事情上深切体验到了什么是无能为力。当我阅读的时候，不是随便抓着哪本书便读哪本。我会思考，这些书里面哪一本对眼前的我而言是最需要的。在我需要出门会客的时候，我也会考虑，这个场合对我是否有益处。但这些选择到底有什么衡量标准，我很难解释清楚。

我真的不知道我是一个怎样的人，我想成为一个怎样的人，似乎我每时每刻都在被周围的环境裹挟着。读完一本宣扬人间虚无的小说，我会跟着相信生活是毫无意义的。但当我看完一部感人至深的电影，就又会感受到散落在生活每个角落里的意义。昨天还很喜欢的人，今天突然就讨厌起来了。昨天坚决反对的意见，今天忽然就能理解了。就这样左右摇摆着，忽然在某一个时刻，有人对我说“这件事做得真是你

Yozoh 的风格”或者“这件事做得真是你慎秀珍的风格”。这时候我总是很生气，我会反问他们：“到底什么是我的风格，我有什么反复出现的态度，让你形成了这种风格的印象？”

直到今天我依然在追问“究竟什么是我的风格”，但仍感觉一头雾水。我唯一知道的一点是，我有一些无可奈何的选择，这些选择层层叠叠，让我变成了一个拥有独立风格的自我。

对了，昨天是我的生日，本想好好记录一下，可惜没有时间。但昨天真的过得非常有趣，还是简单记录一下吧。

1. 持续了半年的素食生活画上了逗号（不是句号），我吃了肥肠，我也不过是一只小小的野兽罢了。如果我固执地继续素食生活，那么我很可能会讨厌肉食者，为了防患于未然，我决定破戒，人有时候需要“犯一点罪”。

2. 生日祝福消息的内容与亲密度略成反比。越是亲密的关系，祝福短信越简单，甚至没有什么特别的贺词，而是直截了当地询问："给你买点什么？"而如果双方并不熟悉亲密，发来的消息反而满含深情、意味深长。看来人与人之间需要一些距离感。

3. 用 Kakao Talk[①] 的礼品券做礼物挺不错。

4. 印象深刻的人：

妈妈——生日当天一早，妈妈就把她写的一首生日歌录好发给我，让我泪眼婆娑。

凤秀——她觉得生日当天发的祝福我肯定看不见，所以提前一天发来祝福，这是一个喜欢被关注的人。

初恋男友——从高中时代起我们交往了近十年，之前每年都会给我发来祝福，他说想忘也忘不了我的生日。辛苦你了，我最久、最亲密的朋友金尚禧——但这次他却没有联系我。

韩志雄——坚持问我想要什么礼物，我只好告诉他说，"加缪的随便哪本书都可以"，结果他说"给书店老板买什么书呀"，

① 一款韩国即时通信软件，类似于微信。——译者注

似乎对我的回答有些失望。

阿静——生日当天她从脸书上给我发来了消息，也没有说什么特别的话，却把我感动哭了，甚至我自己都怀疑，至于如此感动嘛。看来她真是一个煽情高手！

银杏树理事长李真熙——给我准备了一份大礼，属历年礼物之最——一个我与作家郑宥贞会面的机会。

决心

☆ 今天与播客小组的成员们约定，继续悄无声息、安安静静地践行一年的素食生活，然后在明年的生日这天，与他们一起共享肥肠。

☆ 要想收到一些深情款款、情意绵绵的消息，需要与人们保持更大的距离。

☆ 就生日礼物来说，书籍似乎不是一个很好的选择，至少对我来说是这样的，确实会让送礼物的人觉得索然无味。

我宁愿多爱一些，多苦恼一些

庆璇

秀珍：

有一些书我读后便觉得相见恨晚，其中就有朱利安·巴恩斯的《唯一的故事》(*The omly Story*)。翻开第一页，便会看到一句令人印象深刻的话：

> 是去多爱一些，多苦恼一些，还是少爱一些，少苦恼一些呢？这是一个真正的问题，我，最终，仍这样认为。

一个人如果没有爱情，他可能会感到寂寞，但却自由自在、轻松平和，所以我能够理解一些人不愿经历爱情、不愿受伤的心理。因为爱情中的伤害太令人痛苦了，所以再也不想为任何人付出真心。是的，不管两个人多么相爱，离别的结局早已注定，既然如此，那么一开始就不要去爱。爱情注定是不完美的，大概正是这个缘故，近来越来越多的人从一开始就已对爱情心灰意冷。

在我们的人生旅途中必然要经历各种离别，有的离别早就有了预兆，而有的离别却是毫无征兆地突然降临。可以明确的一点是，不管人们是否曾主动寻求爱情，在人生的旅途上，每个人都会经历几次心酸的离别（这是在所难免的）。但喜欢一个人、爱一个人，难道不应该喜欢、爱他的所有，甚至包括他消失在人海中的情景吗？也许正因为喜欢、爱着一个人，我们才能拥有面对离别的那种力量吧。甚至我们宁愿选择把悲伤留给自己，也不愿意让所爱的人沉沦在痛苦当中。

只要死亡存在，离别就一定会降临。所以，在分手那天真正到来之前，我们就不要去忧虑离别的问题，只要这一刻尽心尽情地去爱这个人就好了。与其畏惧离别而不敢触碰爱情，不如守护在爱人的身边去感受更多幸福。生而为人，拥有一份刻骨铭心的情感是一种幸运，这种爱情并不是所有人都能轻易拥有的。在工作的问题上，我会选择先苦后甜，为了以后或将来，现在多辛苦一些、多磨炼一些没有关系。但在爱情的问题上，我却会选择不去忧虑明天会怎样，而是选择享受当下的幸福。

从一而终当然很美好，但有时事情并不会如我们所愿。从前，人们理所当然地认为，“愿得一心人，白首不相离”是一种美德（反过来，人们会指责那些情感经历丰富的人轻佻浮躁）。但我却一直觉得，这种行为准则太理想化了，导致人们为了做到从一而终而过于隐忍，甚至还不清楚一个人是否真正适合自己就相约白头。就算是买衣服，我们也要先尝试各种风格，然后才能发现最适合自己的，选择朋友和恋人也是同样的道理。所以，我们没有必要对相爱、相遇与离别太过敏感，也不需要太在意别人的眼光。我希望我的女儿长大以后能够追随内心的想法，多与人交往、碰撞，直到找到最心仪的人。在这个过程中，她最好把下面三种类型的男人都经历一遍：

第一种，成熟男人。这种男人往往比自己年长，他们沉稳、知性，在各方面能力出众。这段关系由他主导。他总是那么温柔、从容。和他在一起，你能学到很多东西。通过与他交往，你也成长为一个成熟的女人。他能让人依赖，同时还会向你展示一个崭新的世界，他的方方面面让你感到惊讶。

第二种，朋友般的同龄男人。你会在成熟男人面前紧张局促，但同龄男人却让你感到舒服、有趣。有时候，成熟男人的话听起来老气横秋，而且总感觉他似乎在意社会地位更甚于你，所以你会怅然若失。这时候，你会发现与你出生于同一时代的这个男人，你们之间没有代沟，你们关心的事情很多都是不谋而合的，所以你们可以相处得非常愉快。我再次由衷地感到，所谓平凡的恋爱，也许是最完美的恋爱。如果两个人能结婚，就可以一辈子像最要好的朋友那样长相厮守。想到这里，我暗暗庆幸自己的选择。

最后是第三种，魅力四射的年下男。如果用季节来比喻，年下男就像盛夏般火热、耀眼。总有那么一刻，同龄男人把你当成他的对手，并产生一种自卑的心理，所以他不会发自内心地为你的成功而喜悦。当你因为同龄男人的小心眼而沮丧的时候，你就会发现，年下男没有那些无谓的自尊心，也不会自视清高，让人感觉很自在。与同龄男人吵架，你们会互不相让，吵得心力交瘁。但如果他比你年纪小，很多事情你莫名其妙就宽恕了。当你看透了世间的风景，当你觉得很多东西都俗不可耐，年下男的单纯与热情会唤起你对生活新的热爱。

但是也要注意，有些年下男会狡猾地利用自己的年龄优势。在不知不觉之间，你除了要承担更多的经济义务，还会被要求做一个负责的、包容的、善解人意的女人。你要保护他，给他安全感，逼迫自己多忍耐，更加成熟。而他在你的呵护下日渐长大，也许突然有一天就会头也不回地飞到同龄的年轻女性身边。这时，你会再次喜欢上那个给你安慰，甚至觉得你还很年轻、很稚嫩的成熟男人吗?

呃，我现在到底想说些什么呢? 哦对，我想说的是，不管跟谁恋爱，甜蜜与痛苦的交织才是爱情的原汁原味。你需要接受这所有甜蜜与痛苦的可能性，因为这是爱情给我们提出的严格的附加条件。既然如此，那我还有什么办法，只能束手就擒。所以，对于朱利安 · 巴恩斯提出的问题，我只能再次回答道:

我宁愿多爱一些，多苦恼一些。

关于
身不由己的苦恼

秀珍

是去多爱一些，多苦恼一些，还是少爱一些，少苦恼一些呢？

你说这是朱利安·巴恩斯《唯一的故事》里的句子。我还没有读过这本书，完全无法揣测书里所描述的爱情是什么模样。怎么说呢，这句话隐隐约约给人一种毛骨悚然的感觉。乍一看，这句话是让我们两者择其一，但却让我们意识到爱情不可能没有烦恼，警告我们要提前做好心理准备。

朱利安·巴恩斯是一位杰出的作家，我想这部小说必定是以这句话为开头，展开了一个凄美、哀伤的故事吧？我也想快点读一读这本书呢！但是对于这句话，我还是持保留意见。

我想反问一句，爱情果真是能自主选择的吗？我们真的能选择多爱或者少爱一些吗？[①]

当一个人决心多爱一些，他真的能付出更多爱吗？

当一个人决心少爱一些，他真的能减少爱的比重吗？

爱真的能随心所欲吗？

在谈到爱情的时候，很多人会这么说：我现在要学习，我没有钱，谈恋爱太麻烦，反正迟早要分手，我长得太丑了，我年纪太大了，我要做的事情太多了，了解我以后会对我失望的……好像爱情是一项艰巨的任务，令人望而生畏。但如

---

① 林庆璇日记里所引用的朱利安·巴恩斯的句子后面紧接着有如下内容：

也许你会说，这根本不是一个真正的问题——你的说法非常精准，因为我们并没有选择的余地。如果我们能够选择，这个问题就是成立的，但既然没有选择的余地，那便构不成问题。有谁能够控制得了自己去爱多少呢？如果能够控制，那便不是爱情了，我不知道该把它称为什么，但唯独不是爱情。”（朱利安·巴恩斯，《唯一的故事》）——译者注

果让他们现在就拥有一份爱情呢？他们一定也会愉快地接受吧。

爱情并不是我们能够轻易拥有的，但是朱利安·巴恩斯的这个问题，却偏偏忽视了这一点，直接问我们“想变得更多还是更少”！

我一直想谈一场简单的恋爱，但当我真的有了心仪的对象，却又会否定自己，陷入莫名的苦恼之中：我是真的爱上他了吗？还是在享受诱惑别人（或被别人诱惑）的乐趣？我会花一整天时间认真思考这个问题。我不知道自己为什么要如此偏执，是因为想得太多？还是因为害怕而故意转移注意力呢？

对了，姐姐你能站在异性恋女性的角度，以恋爱对象的年龄为标准，以如此简单、基础的方式对男人进行分类，真是太了不起了。到底有什么是林庆璇不能分类的？在“分类”

与“归纳”这方面，你实在是太出色了，我真想把我的大脑交给你整理一下，因为里面各种想法乱成一锅粥，而你肯定能像近藤麻理惠[①]一样，给我理得整整齐齐。（我觉得你会要一个很高的价格……）

读了你的分类之后，我立刻复盘了一下我的恋爱史。我用一个比较笼统的标准整理了一下，发现我从前的恋爱经历主要是徘徊于两个极端之间。每次我恋爱对象的风格都与上一任截然相反。当我爱上一个引领我，让我臣服的男人时，到最后又总觉得自己被忽视，紧张不安。当我与他的爱情结束时，我又会渴望能包容我、支持我、给我安慰的人。等过一段时间，这种曾经吸引过我的沉稳、善解人意又会让我感到乏味。

未来的旅途上，我还会不会遇见爱情？到那时，我会果

① 《怦然心动的人生整理魔法》一书作者。——编者注

断丢弃我从前的恋爱模式，去尝试林庆璇式的三分法。我这么说，一半是玩笑，一半是真心。我觉得，在过去的几段恋爱里，我都以上一次的教训作为下一次选择恋爱对象的参考标准。其实恋爱的先决条件应该是我们自己拥有坚实的生活基础，即使孤身一人也能破浪前行。

★ ★ ★

昨天夜里，我仿佛被你所提出的爱情话题迷住了，虽然日记写到这里我就去睡了，但醒来以后仍然萦绕着昨天夜里的思绪，心情也很雀跃，当然肚子也很饿。

我在人们身上感受到的最凄凉的可爱之一便是，就算哭泣、绝望、痛苦也依然会感觉到饥饿。我要赶紧去烤面包，准备好甜蜜的果酱，然后把豆奶倒进我最喜欢的杯子里。姐姐你吃饭了吗？没吃饭的话要赶紧去吃哦。

到了吃饭的时间，我们要先吃得饱饱的，这样才有力气继续苦恼。

喜欢一个人、爱一个人，
难道不应该喜欢、爱他的所有，
甚至包括他消失在人海中的情景吗？
也许正因为喜欢、爱着一个人，
我们才能拥有面对离别的那种力量吧。
甚至我们宁愿选择把悲伤留给自己，
也不愿意让所爱的人沉沦在痛苦当中。

——庆璇

每次我恋爱对象的风格都与上一任截然相反。
当我爱上一个引领我，
让我臣服的男人时，
到最后又总觉得自己被忽视，紧张不安。

——秀玲

身体问题至关重要

庆旋

留着短发像个淘气男生的秀珍：

每次我看到你偶尔上传到网上的照片，总是会出神地注视片刻，然后露出微笑。我特别喜欢你骑着自行车风风火火地在街道上穿梭的样子，喜欢你那朝气蓬勃的劲头。我忽然想起来，我们都是有多年驾龄的老司机（天哪，想起来二十多岁的时候我也曾做过那么多危险的事情——嘴里叼着烟，一只手拿着哑铃大小的手机打电话，另一只手还扶着方向盘驾驶），现在我们俩都没有汽车，也不开车，出门只靠公交车与自行车，体重越来越轻，这样真好。你还说你故意跟健身房的人隐瞒了身份（？），并以“成龙”的假名开始学习巴西柔术，而且你不吃肉食也有很长一段时间了。仔细想来，你有一种天然的直觉，去寻找那些对你有益的事情。

身体太重要了，特别是过了三十岁以后。在如今的社会环境下，心理病，或者说抑郁症备受瞩目，甚至被评选为“年度出版关键词”。但是只要认真观察，你就会发现我们的身体也有许多严重问题，程度绝不亚于心理问题。如果我们从二十多岁开始就一直在透支体力地工作，也许到了三十多岁或四十多岁的时候就有可能大病一场，因为在这段时间女人的身体会发生许多重大的变化。不知不觉之中，身边的长辈、同龄人都陆陆续续生了严重的病，尤其是那些只有女性才会得的疾病：子宫肌瘤、子宫内膜炎、乳腺癌、卵巢癌，着实令人心痛。如果一星期内没有见到哪位朋友，你可能会发现原来她是去住院做手术了。这些听起来仿佛很遥远的事情突然有一天落到自己头上，让人惊慌失措。哪怕先天拥有健康的体魄，或者一直在坚持不懈地运动，从来不做有害身体健康的事情，也不能保证就一定不会生病。疾病面前，人人平等。

话虽如此，我们仍然要注意维持自身的健康，坚持不懈地运动（要找到一种适合自己的运动方式！），定期体检。运动方面，我会每两天去一次体育馆，做一些有氧运动。定期体检方面，除了顽疾甲状腺癌的筛查以外，我会每两年做一次胃癌与大肠癌的筛查。因为我是自由职业者，没有公司会给我安排体检，所以每年的一月份我的生日过去以后，我会像完成作业一样到各大医院去做体检。我特别不愿意做子宫癌的筛查，所以我会特意到生尹书的那家医院产科去做。虽然距离我家较远，但在那里可以重温尹书诞生时的幸福回忆，这多少会让我的内心得到些慰藉，顺便也去问候一下当时替我接生的医生。我每年都会对她说，感谢她帮我怀上了孩子，与她分享我在养育孩子过程中体会到的幸福。这样的问候，医生大概已经听过上千次了，但是每次听我絮说时，她都笑容满面，别提有多开心了。

还有一件事不能公开拿出来讲，但其重要性却怎么强调都不为过，那就是性生活。我们之中究竟有几个人能拥有满意的性生活呢？

“我虽然爱他，但其实跟他做爱感觉非常一般。”

“我们感觉不太合拍，所以总是盼望他快点结束。”

“我们？我们已经很久不做爱了。”

这种话我真的听得太多了。我们很难直白地向别人诉说，烦恼只能在心里越积越多。专家们建议，如果我们对性生活感到不满意或是有问题，应该坦率地与恋人进行沟通，但这并非那么容易做到，对吗？我们会觉得丢脸，害怕别人把我们当作那种欲壑难填的放荡女人，担心别人以为我们在性的问题上太过开放或经验丰富。再或者，我们会想，要是伤害了他的自尊，那可如何是好，直接说出来会不会让男人在实战中变得更加失败呢？这些问题确实值得好好斟酌。但如果你完全隐忍，各种琐碎的不满又会日积月累，或许会让你们的关系变成一具空壳。

你觉得心理健康更重要吗？才不是。满意的性生活可以让我们的身体舒爽，还会让我们的心情舒畅。我认为，只有身体与心灵都得到满足，这才是真正意义上的性爱。

我在书店举行小规模的读书会时，在最后的问答环节，这个话题总是谈得很多。我会跟听众讲，身体问题真的至关重要。为了让身体与灵魂都保持健康、幸福的状态，我们需要别人的“抚摸”。我还跟他们讲，等我以后年老色衰了，谁都不愿再抚摸我了，这是最让我伤心的。自我抚慰是有局限性的，我们无论如何都需要别人的温暖。一个人独处虽然轻松，两个人相互拥抱时的喜悦才更幸福。在读书会上，我会越聊越兴奋，一再强调性爱的重要性，到了最后，我都会再补充上一句：“我刚刚说的话不要发到网上去。”

韩国的社会气氛是严肃沉闷的，在谈到性爱的时候，往往只涉及繁殖、暴力，对性爱的愉悦等话题的讨论很少。在传统观念中，性爱是不能公开讨论的。但是性欲与食欲、睡眠欲一样，属于人类原始的一种本能。当一个人的食欲与睡眠欲得不到满足时，他的平衡就会被打破，他会生病。同样的道理，如果性欲方面的不满积累起来，也会带来身心疾病。有的人对性爱失去兴趣，甚至感到厌恶；有的人又纵欲过度，甚至玩起了一夜情。所以如果你现在有喜欢的人，有条件跟他共度春宵，那么我建议你和对方坦率沟通，了解各自的需求，找到大家都满意的方式。这世间，原本就不存在一模一样的性爱。

我在人们身上感受到的最凄凉可爱之一便是，
就算哭泣、绝望、痛苦也依然会感觉到饥饿。
姐姐你吃饭了吗？
没吃饭的话要赶紧去吃哦。
到了吃饭的时间，
我们要先吃得饱饱的，
这样才有力气继续苦恼。

——秀珍

你觉得心理健康更重要吗？才不是。

——庆璇

血与汗

秀珍

姐姐，你在写作的时候，有没有流汗的经历呢？

我在写作的时候会时刻尽我最大的努力，但在我的记忆中，似乎从未一边汗流浃背一边写作。在书店里工作的时候也是如此，从上班到下班一刻不停地忙忙碌碌，却不会流一滴汗。甚至在唱歌的时候我也从来没有流过汗，因为我既不跳舞，也不会扯着嗓子放声歌唱，更不会在舞台上面欢蹦乱跳来回游走，我只是安安静静地坐在舒舒服服的椅子上，抱着吉他唱我的歌。只要不是在盛夏的室外舞台上，在我登上舞台和从舞台上走下来的时候，都是清清爽爽的。

当我们想要表达很认真地做某件事情的时候，一般会用到“汗水”这个词。我们经常说干活时“挥汗如雨”，也说“汗马功劳”，从这些成语里我们就能看出汗水所体现的意义。平时生活中我们一般没有需要流汗的事情，我会努力地运动出汗，出一身大汗，心情也会变好。夸张点说，我会觉得在人生的这一刻自己仿佛已竭尽全力，这会让我产生一种满足感，甚至会变态地想要到一些场合去炫耀我的汗水。对于我来说，2019年的夏天可以总结为：在小区里跑步时汗如雨下的早上，骑着自行车四处游走时感受后颈与后背上汗水流淌的下午，以及学完巴西柔术以后脱掉浸满汗水的T恤的夜晚。

我已不再吃肉，也在坚持运动，在保持健康这方面，我是十分用功的。但其实我有一段会让你大跌眼镜的过往，你听了以后肯定会觉得匪夷所思，那就是到目前为止，我一次也没有去做过体检。刚过三十岁时，当我跟别人说起来从未做过体检的时候，大家一般都会平静地回答说：“是吗？现在应该去做了，明年一定要去体检。”但你知道现在大家的反应是怎么样的吗？有的人甚至会惊呼出来：“什么 ?! 你竟然一次也没有做过体检 ???”

虽然我们都在关注健康，但我们所关注的重点是截然不同的。我关注的是让身体动起来，让身体出汗，而姐姐你所重视的是到医院去做体检。你说自己会定期体检，即便这件事再怎么让你觉得痛苦，你仍然坚持每年都去，这一点让我感慨颇多。我们每个人的生活看起来都大同小异，但对每一刻都全情投入的人，人生会发出动人的光芒。

上次姐姐的信中提到了性爱的问题，这篇文章应该是花了姐姐不少心思，我觉得文字都在闪闪发光呢！

我对其中的观点有着深刻的共鸣。人们应该更加积极活跃、开诚布公地去讨论这个话题，性爱真的是要有沸腾的热血才能完成的一件事。

当我与相爱的人对视、亲吻，用双手热切地抚摸彼此的身体的时候，我会感到身体里有什么东西在奔涌，这大概就是热血吧。我们会沉迷于充满爱意与淘气的性爱之中，忘却世间所有的一切，在这一瞬间，我们的身体表面会流动着汗水。

有趣吧，提到血汗，我们总是会想到劳苦与艰辛，但是在做这样让人兴奋的、美妙的事情时，我们也是在流着“血汗”的。

不知不觉间已是夕阳西下。我在一间凉爽的咖啡厅里写着这段文字，一滴汗水都没有，我该离开这里回家了。现在我只有用更多的力气蹬自行车的脚踏板，身上才会勉强出一些汗，因为清晨和傍晚的风已经一点点变凉了。

还能流汗的身体，看起来还算结实、健康的身体，让我越发觉得珍贵了。姐姐你也是如此吧！

我知道你会对我说什么，今年我一定会去做体检的。一言为定，一言为定！

诀别
我们一定要慢慢来

庆
璇

秀珍：

有时候，想到你竟然是我的朋友，会忽然让我感到很激动。秀珍，真的谢谢你做我的朋友。

从我之前写的小说和随笔里你也看得出，我是一个非常珍视爱情与友情的人，我希望世间所有人都能与喜欢的人、心仪的人长相厮守。同时，我认为深厚的友谊也是人生旅途上不可或缺的，其重要程度可与爱情相媲美，或者说有过之而无不及。

但友谊这种东西，需要两人之间共同拥有某种特质才能产生。上次你曾指出，我们都有一种“关注当下甚于展望未来的倾向”。这一点让我感到很庆幸。如果我们的共同点在于一些浅薄的问题——比如都讨厌某一个人，都有些愤世嫉俗，或因为一些暂时性的事情有了交集——那么当这些条件消失的时候，这段关系也会变得生疏，最后不欢而散。

有时候，“情感剥削”也极易被误认作友谊。比如某些在我遭遇不幸的时候，来到我身边的人。他们并不是来安慰我的，只是想通过别人的不幸，来衬托自己的幸福与存在感。他们实际上并不希望我摆脱不幸的模式，变成一个开朗、坚强、独立的人。也有一些人只会在我风光无限的时候接近我。比起这种锦上添花式的友谊，落井下石的友情更加阴险、可憎。人们常说，比在别人遭遇不幸时给予安慰更难做到的，是为别人的幸福真心感到喜悦。

在某些特殊的需求下才结成的“友谊”，实在令人遗憾。我认为所谓深厚的友谊，跟两个人之间有没有共同的敌人、工作是否出色、是失恋了还是在恋爱中、有没有钱等等无关。他们没有利益往来，只是单纯渴望见到彼此，能随心所欲地聊起任何事情。即便对方发来的消息或邮件没有什么实际内容，也会莫名地开心。他们会从彼此那里汲取力量，互相支持、信任……这种关系是多么弥足珍贵呀。

我又想起来一件我们俩共同拥有的东西。你还记得之前我们曾经一起聊过关于风度的话题吗？我们曾异口同声、不假思索地说：我会毫不犹豫地迷恋上一个有风度的人，我想有风度地活着。就算要失去所有，也不能失去风度。你曾说过不知道自己是一个怎样的人，想要成为一个怎样的人，只是被周围的环境所裹挟，对吗？你还在思考，到底什么是 Yozoh 的风格、慎秀珍的风格。

我可以告诉你这个问题的答案吗？

你是一个有风度的人。

而你将来也会继续做一个有风度的人。

这才是慎秀珍。

我留心观察到了几件颇具“慎秀珍风格”的事情，这都源于你的风度。

首先，其实之前我也提到过一些，你对别人并没有那种先入为主的偏见。你不会凭一个人的外表或客观条件去评判他，或者因此而向他敞开心扉；你更不会在有权有势的人面前低声下气，也不会阿谀奉承；大家在一起的时候，你也不会故意接近那些似乎能给予你帮助的人；而对于那些比你弱势的人，你也不会颐指气使。你选择朋友似乎没有什么特定的标准，当然这种“没有标准”是积极意义上的。你的朋友既有年龄很大的，也有很小的，有残疾人，还有外国人，而他们的工作更是多种多样，但是他们身上必定有一种风度，是一种只有你能捕捉到的风度。

还有一件“慎秀珍风格”的事情，那就是勤勤恳恳地生活。乍一见你，总觉得你身上有一种慵懒、慢条斯理的气质。真的与你共事之后，大家就会真切地体会到你那兢兢业业的态度。你知道为什么努力的人看起来很有风度吗？因为当他们看到其他有风度的人时，能够认可他们的风度，真心地赞一声“精彩”，并且说“我也要活得那么精彩”，驱动自己不断前进。只有当一个人在努力生活的时候，才会有这种反应。如果一个人并没有认真生活，他便会因为没有努力生活的意志，而不肯正视别人的努力，把别人的成功单纯地归结为一种自己所没有的“幸运”，并为此感到嫉妒，甚至恶意诋毁别人。三十五岁以后，看到别人似乎美满的生活，仍旧简单粗暴地把这种美满归结为“幸运”的话，那就是一种懒惰的自欺欺人了。

总之，我认为你努力的样子，还有努力又不故意炫耀的样子，都特别有风度。

我忽然记起你最初负责新闻采访时的样子，说起来这件事都过去半年多了。刚开始的时候你非常苦恼，不知道该不该接受这份工作。后来接手以后，一开始你写的采访稿总是不能顺利地通过，必须要经过数次修改。你有些不开心，对我抱怨说：“当初我为什么要同意做这件事呢？像我这样的人怎么能做好呢？”但你最终还是把这件事做好了，修改稿子的次数越来越少，你也收获颇多，渐渐能听到别人的夸奖了。这夸奖是你通过努力赢得的，因此而感受到的喜悦是不是更加回味悠长呢？

我们写交换日记还不到半年，但也马上要满四个月了，记得我们当时好像约定只交换三十次日记，对吗？

“我很认真地听了你的广播，但是好意外啊，乍看起来，你们俩完全不像是能够亲密交往的样子……”这样的话身边的朋友说过很多次了。

我第一次知道你大约是在2008年，在KBS[1]本馆的大厅里。大厅柱子前面的杂志架上摆满了KBS的内刊，而你便是封面模特。你的皮肤雪白，配上黑色齐耳短发，散发出一种高冷的气质。我快速地扫了一眼杂志封面，心里在想：“这个女孩是谁呀？偶像歌手吗？”坦白说，起初我以为你会因外貌而走红，成为一颗冉冉升起的新星，但几年之后便销声

① KBS是韩国最大、最具有代表性的广播电视台。——编者注

匿迹。但十一年的岁月倏忽而逝，当初我在心里想着“啧啧，这个女孩一看就知道红不了多久”，现在竟与你一起写交换日记，手牵着手信誓旦旦说“我们要长长久久地陪伴在彼此身边”。人和人的缘分真奇妙，对吗?

仍然记得2013年我们的第一次约会。我们在一座几乎废弃的大楼剧场里看电影《云图》，我记得这座大楼位于新村火车站的前面，当时电影院里几乎没什么人。电影结束以后，我们坐着你那辆老旧的大宇安驰车，兜了一会儿风，然后到咖啡厅里小坐了一会儿。我们俩都非常拘束，聊天也没聊好。其实我们都很内向，话也不多，但居然有了做朋友的想法!

在这段友谊的初期，我们经常会觉得尴尬，相对沉默无言。这次我们通过交换日记，真的聊了许多，好像要填补最初沉默的那段空白。私交甚密的人开始共事以后，关系往往会恶化，我们身边的例子很多。所以在决定合作之前，我们都有些担忧。多亏了我大海般宽阔的胸襟和你井水般深邃的耐心，我们之间并没有发生这样的事情。偶尔我也会想象一下，如果中途我们有些争吵怎么办。对于亲密的两个人来说，争吵是一种“小离别”，我很好奇我们俩会怎么面对这个暂时的离别呢？但终有一天我们会分开，会迎来永远的诀别吧？

秀珍呀——

离别的时刻终于来临，我们要就此告别了。这是我们第三十三篇交换日记。

这件事进行到中途的时候，我曾一度感觉时光漫长，似乎永远都到达不了终点，可光阴就这样转瞬即逝。

我们在交换日记里的缘分已经接近尾声，但我希望“永远的诀别”能迟一些，再迟一些到来。就像我电子邮件的 ID 名“slowgoodbye”那样，慢一些，再多花一些时间，就这样在遥远的某一天，让我们潇洒地挥手离别吧。

期待着你最后一篇日记。

我们每个人的生活看起来都大同小异，
但对每一刻都全情投入的人，
人生会发出动人的光芒。

——秀玲

你知道为什么努力的人看起来很有风度吗？
因为当他们看到其他有风度的人时，能够认可他们的风度，
真心地赞一声“精彩”。
我认为你努力的样子，
还有努力又不故意炫耀的样子，
都特别有风度。

——庆璇

那么，再见

秀珍

姐姐你真的太不讲信用了。

之前我曾跟姐姐商量，要在日记里称赞一下你，但每次你都断然拒绝，不让我这么做。你说："你不要夸我，夸奖只会让当事人心情愉悦，读者会觉得非常无聊，没有意思。"结果到头来姐姐却在日记里写满了对我的溢美之词。读着姐姐对我潮水般的夸奖，我一边觉得被姐姐出卖了，一边又被姐姐感动得无以复加，浑身颤抖着哭了一场。

不知不觉竟然写到第三十三篇日记了，现在我正写的这篇居然已是尾篇了，总觉得一点都不真实。但既然今天是最后一次了，那么我也来将我的真心话一吐为快吧！

其实写交换日记让我觉得有些痛苦。

原本我一点都不想写，只是因为林庆璇让我写，我才写的……林庆璇让我太痛苦了……我估计我得这么说才能满足你有些变态的期待，可惜的是，我要说的不是这些。

如果不曾亲自活动自己的身体，便无法切实地知道我们身体的驱动力来自自身。我一直以为自己的身体状态还是不错的，结果在去运动的第一天，身体的真实状况就暴露出来了。

我们的交换日记写了几个月，在这期间我看到了自己的执拗笨拙。我一直发自内心地觉得，我的性格足够柔软，我为人处世的态度也足够认真，或许每个人都是像我这样想的。我们都在生活中逐渐接受了无可奈何，变成大人。当我们与人交往时，不再企图去说服对方，“原来他的想法与我的不同呀”，仅止步于此。但在这几个月里，我们并没有这样做。我们各自发表意见，坦率而真诚地分享。有时我们意气相投，有时又观点对立。比如关于爱情，我表现出了一种愤世嫉俗的态度，认为缠绵之后全都一个样，但你却认为即便如此，恋人还是需要床笫温存，并问我为何不明白爱情会让人生变得多么有意义。

如果我们是母女关系、恋人关系或师生关系，这段时光也许会令人感觉痛苦煎熬，然而我真的很喜欢这样的“痛苦”，就像做运动时一样，那种肌肉的酸痛令人安心。我每个星期写日记、聆听姐姐日记的过程，既让我感到痛苦，也会隐隐让我觉得安心。正如你所说的那样，因为我是一个努力的人，总是需要显摆一下，让大家都知道我的努力。

在写交换日记前后,我内心发生的最大的变化便是对“幸福”的态度。

在很长一段时间里，对于“幸福”这件事，我一直认为想得越少越好。

如果总是去想幸福的涵义，总是去追逐幸福，便会自然地想起那些不幸福的时刻。比起幸福的时刻，那些不幸福的时刻显然更多，如果要逐一回忆那些不幸的过往，简直让人不寒而栗。

所以无论是在采访的时候，还是与别人聊天的时候，如果突然聊到了幸福的话题，我总是会说："我觉得从出生那一刻起，自己的生活便是以幸福为主题，我只想铭记这一点，不想把幸福具体化。"

但现在我的想法改变了。

当然，我的生活仍是以幸福为主题，这一点没有什么改变，但我却决定，我要逐一审视、感受生活中的那些小小的幸福与琐碎的不幸。

我想，这大概是我与姐姐一同度过的那些文字时光所带来的改变吧。

现在我要把幸福这件事当作一日三餐。

即便其中的一餐我们吃得再饱，过了几个小时以后，我们依然会觉得饿。所以我要不停地享受那些最美味的东西，尽情感受那种饱腹的幸福，哪怕这幸福是短暂的。等到肚子再饿的时候，再去寻找美味可口的东西就好了。我想以这种方式来对待幸福。

刚想要习惯性地追问姐姐，什么是幸福，却蓦然想起现在没有办法再问了。

其实幸福的国度有许许多多。

林庆璇有属于林庆璇的幸福国度，而慎秀珍也拥有属于慎秀珍的幸福国度。

姐姐，请你一定要抵达幸福的国度去看一看。

我也是一样。

我们可以在旅途中守望相助，确认彼此是否安然无恙，并在各自的旅途上阔步前行。

图书在版编目（CIP）数据

致生为女人的我们 /（韩）慎秀珍，（韩）林庆璇著；
高文丽，卢珍译 . -- 北京：中信出版社，2021.1
ISBN 978-7-5217-2368-7

Ⅰ . ①致… Ⅱ . ①慎… ②林… ③高… ④卢… Ⅲ .
①散文集—韩国—现代 Ⅳ . ① I312.665

中国版本图书馆 CIP 数据核字（2020）第 205526 号

致生为女人的我们

著　　者：[韩] 慎秀珍 [韩] 林庆璇
译　　者：高文丽　卢　珍
出版发行：中信出版集团股份有限公司
（北京市朝阳区惠新东街甲 4 号富盛大厦 2 座　邮编　100029）
承 印 者：中国电影出版社印刷厂

开　　本：880mm×1230mm　1/32　　印　　张：8　　字　　数：100 千字
版　　次：2021 年 1 月第 1 版　　印　　次：2021 年 1 月第 1 次印刷
京权图字：01-2020-6584
书　　号：ISBN 978-7-5217-2368-7
定　　价：58.00 元